Your Uncertain Doors

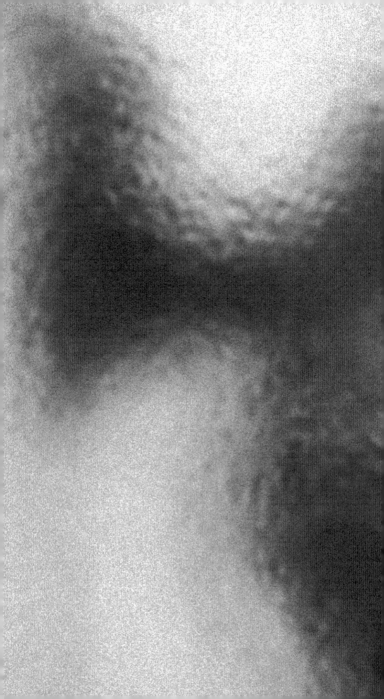

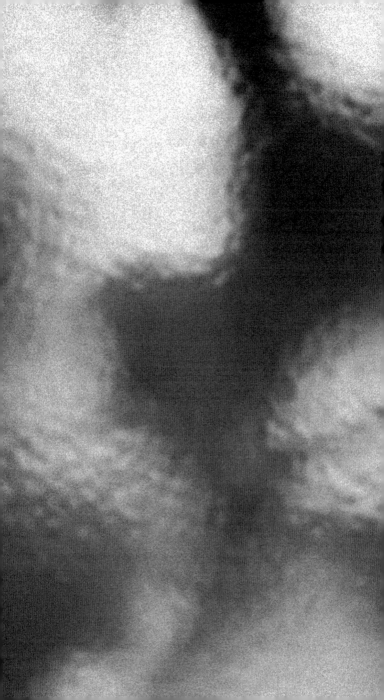

나는 나와 나 사이에 있는,

신이 망각한 빈 공간이다.

페르난두 페소아 『불안의 서』, 배수아 옮김, 봄날의 책, 730p

문이다. 문이었다. 문일 것이다. 문일지도 모른다. 문틈 사이로 새어 나온 빛이, 보인다. 혹은 보이지 않는다. 라고 분명하게 말하면 왜인지 초조해진다. 아무것도 끝맺지 않음으로써 모든 것의 가능성에 대해서만 말하기로 한다. 그것이 존재한다고도 존재하지 않는다고도 말할 수 없다. 있거나 있었거나 있을 것이기 때문이다. 너는 모르거나 모를 것이다. 모를 수도 있다는 사실을 알게 될 때 문은 가장 아름답다.

　나 자신의 프리즘 속에, 비정형의 공간 속에 빛을 가둔다. 그곳에 문은 있거나 없다. 어쩌면 문이 아닐지도 모른다. 실은 문에 대해서는 거의 아무것도 모른다. 한없이 불투명한, 그래서 영원히 가능한 너.

2020년 9월
최유수

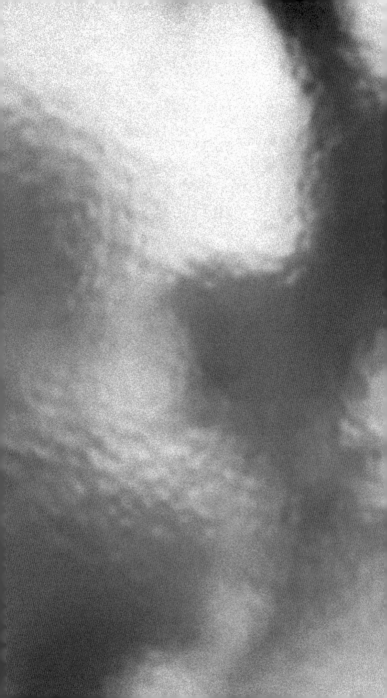

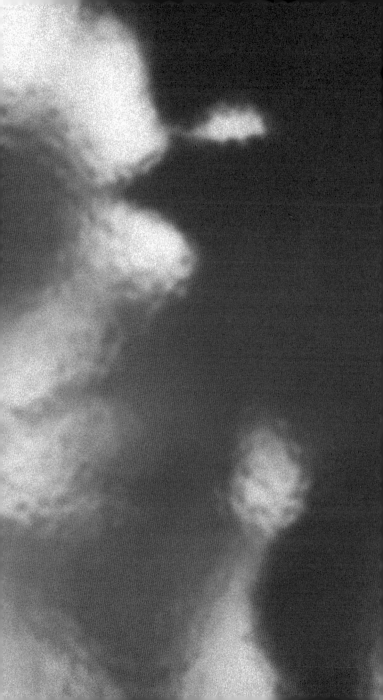

너는 불투명한 문

1

　자기 자신을 어떠어떠한 인간이라고 상정하지 않으면, 그런 식의 믿음을 통해 누가 뭐라 하든 스스로를 지탱하지 않으면, 아무것도 아닌 무가치한 인간으로 전락해버리고 말 것 같은 아주 중요한 무엇인가가 누구에게나 존재한다.

　어른이든 아이든 돈이 많든 적든, 인간이라면 누구나 지닐 수밖에 없는 결함 같은 것. 굳이 표현하자면 '내가 보는 나'라고 해야 할까, 아니 '내가 믿는 나'라고 해야 할까. 타인이 그것을 벗겨내거나 들쑤시려고 하면 우리는 무조건적으로 방어적인 태도를 취하게 된다. 타인에 의해서 자기 자신을 부정당하지 않기 위해, 어떻게든 존재의 근간을 지켜내기 위해 논리를 외면하게 된다. 자각하는 일조차 어려워서 우리는 막상 그것이 무엇인지도 제대로 알지 못한 채 평생을 사수하며 살아간다. 공허한 바탕의 고독을 버텨내며 자기 자신을 지탱한다. 모두가 포기해 떠나버리고 빈방에 홀로 남은 단 한 명의 수도사처럼.

2

나라는 존재가 때로는 손바닥 위 한 줌의 공기보다 가볍게 느껴진다. 때로는 산 정상의 거대한 바위보다 무겁다고 느낀다. 무거워졌다가 가벼워졌다가 하는 것인데, 웬만해서는 한쪽으로 치우치지 않고 기분과 상황에 따라 자주 달라진다.

존재에 측정 가능한 질량이 있다고 말할 수 있을까. 체중이 때에 따라 늘어나기도 줄어들기도 하는 것처럼 내가 느끼는 나 자신의 존재감 또한 변화할까. 존재의 질량이 늘어나는 만큼 이 세계에서 더 많은 부분을 내가 차지하고 있다고 느끼게 되는 걸까. 어떻게 하면 원하는 만큼 늘어날 수 있을까, 혹은 줄어들지 않도록 잘 유지할 수 있을까. 그 변화를 예민하게 느끼며 살아가는 것이 나을까, 혹은 전혀 느끼지 못한 채 살아가는 것이 나을까.

죽음 뒤에 존재의 질량은 0이 될까. 0으로 수렴할까. 죽으면 육체를 잃지만 존재 자체는 여러 가지 형태로 머물러 있지 않을까. 측정할 수 없으나 적어도 0은 아니지 않을까. 그렇다면 무엇이 남고 무엇이 소멸할까. 삶은 다른 무엇이 아니라 탄생과 죽음 사이의 시간 그 자체인 게 아닐까. 나에게 주어진 시간의 질량이 곧 나인 게 아닐까.

나는 존재한다, 라고

아무도 모르게 되뇌어 본다. 나직이 내뱉은 목소리가 공기 중으로 흩어진다. 메아리 없이 사라져 간다. 혹시 내가 존재하고 있다는 감각이 아주 정교하게 구현된 환각에 불과한 거라면, 아무 향취 없는 허공과 다를 바 없는 거라면······

나는, 나의 존재는,

그걸 담고 있는 이 의식은, 도대체 어디에 있는 걸까?

3

나 자신을 이해받고 싶지만 그보다 먼저 내가 사람을 이해할 수 없어,

사람은 원래 이해될 수 없어,

어차피 다 그런 거라고 아무렇지 않게 말하는 중이지만 나 또한 그런 사실을 이해할 수 없어,

또 가끔은 이해할 수 없는 일들로 가득한 세상 전체를 이해할 수 없고,

이해라는 단어를 남발하는 사람들이 참을 수 없이 역겨울 때가 있지

조금만 더 참고 살아 보라고 말해볼까······

이해 불가능한 사실들에 대해 말할 때 나는 아무 말이나 노트에 휘갈기는 사람처럼 말해, 너는 그 사람이 도무지 이해가 안 간다고 말하고, 나는 그건 처음부터 불가능한 시도라고 오만하게 말하지, 이해할 수 없다면 이해하려고 하지도 말아야 해, 너 자신을 허비하지 마, 너는 너 또한 그렇게 생각한다며 고개를 끄덕이고, 그치만 마냥 그럴 수는 없다고도 말하지, 뜻대로 되지 않는다고, 아니 그게 무슨 상관이야, 아무도 예외일

수 없다면 차라리 기쁘게 오해해보는 건 어때, 뒤집힌 세계의 일부를 뒤집어보자, 그것도 싫으면 기꺼이 무시해버리기로 하자, 지금 내 말이 무슨 의도인지 알겠니, 안다고 말하지만 모르는 게 당연한 걸, 누가 누굴 제대로 이해할 수 있겠니, 의도만 남기고 다 지워버리면 어떻게 될까, 아예 의도까지 없애버릴까, 그렇지만

나는 절대적으로 이해받고 싶어, 너도 내게 이해받고 싶은 걸 알아,

사람은 왜 사람을 이해할 수 없지, 우리는 왜 우리를 이해할 수 없지,

아무리 노력해도 이해할 수 없다는 걸 깨닫게 되었을 때 억지로 사랑한다고 말해, 제발 사랑한다고 말해봐, 억지가 아니라고 말해, 우리는 한 번도 서로의 우물을 들여다볼 수 없어, 그 바닥에서부터 끌어올린 사랑한다는 말이 오해의 껍질을 한 겹 한 겹 벗겨내고, 비로소 속이 텅 빈 열매를 목도하고, 후회하는 나체가 되어 눈을 가린 채 계속 오해하다가, 절대적으로 체념하는 연습을 하게 돼, 적극적으로 숨어버리게 돼, 은둔하는

생활에 굳이 이유가 필요할 것 같니, 혼자가 아니라는 생각은 영원하고 가엾은 착각일지도 몰라, 우리는 우리를 구원할 수 없어, 어떤 문은 무너지지 않아, 그러니까

　　누군가를 이해한다는 말은 그냥 혼잣말로 하는 게 어때,

　　이해한다는 말은 언제나 미심쩍은 예행이지, 주어도 목적어도 인간일 수 없는 불가능의 동사일 뿐

4

완전히 무너졌다가 복구되는 철교. 틀에 갇힌 사람들. 판에 박힌 나날들. 무너지고, 복구하고, 또 무너지고, 다시 복구하고, 계속 무너지고. 평생에 걸쳐 행해지는 보수 공사.

절뚝거리는 몸으로 다리를 건넌다. 건너편에 도착해 뒤이어 다리를 건너는 사람들을 돌아본다. 저들 중 몇몇은 결코 처음으로 돌아가지 않을 것이다. 무너지는 한이 있더라도. 오래된 철교의 시선으로 강을 내려다본다. 아름다운 무채색이 하염없이 흐른다. 흐르고 흘러서 미래로 간다. 불안한 미래에 대해 생각할 때마다 돌아가고 싶어진다. 돌이킬 수 없다는 걸 알면서도. 붉게 젖은 하늘. 찬 강물의 비늘. 멀어지지만 떠나지 않는 하늘. 가사 없는 음악들로 채운 플레이리스트. 값싼 병맥주 두 병. 벌리고 다무는 입술들. 인공 불빛 아래 휘청이는 사물들. 한몸처럼 연결되어 있는 여름밤의 수많은 그늘들.

누군가는 날아오르고 누군가는 추락한다. 해 질 무렵 갈 곳을 잃은 빛의 무리와 강가를 산책하는 사람들의 실루엣이 교차한다. 나는 관조적인 눈으로 익명의 행불행(幸不幸)을 본다. 강물에 하늘에 비추어본다. 아무 생각 없이 시간의 껍질을 벗긴다. 수북하게 쌓인 오해를 미련 없이 태우는 밤. 독한 연기가 피어오른다. 강도 하늘도 검게 물든다. 나도 그것의 일부인 양 물들어간다.

5

빛은 현상을 조각한다. 현상은 기억을 조각한다. 기억은 얼굴을 조각한다. 얼굴은 마음을 조각한다. 마음은 사랑을 조각한다. 사랑은 세계를 조각한다. (세계는 거대한 다면체의 구조물로 나타난다.) 세계는 타인을 조각한다. 타인은 나를 조각한다. 나는 아무것도 조각할 수 없고, 그저 일시적인 환상처럼 그 안에 머무른다.

빛은 한순간도 멈추지 않는다. 멈출 수가 없다. 멈추는 순간 정말로 끝이다.

아주 먼 훗날, 최후의 빛줄기가 멈추는 바로 그 순간, 모든 것이 일시에 소멸할 거라는 거짓말 같은 예언을 나는 믿는다.

6

나는 너를 열지 않고 들어간다 되살아난다 증식한
다 걷는다 어두워진다 끝이 어딘지도 모르고

안쪽 세계와 바깥쪽 세계를 구분할 줄 아는 것은
눈꺼풀뿐이다 안다고 믿지만 아무도 모른다 그게 무엇
이든 모른다고 말하면 차라리 선명해진다 열리거나 닫
히지 않아도 세계는 매일 조금씩 환해진다 그래도 길을
잃는다 넘어진다 후회한다

이쪽은 가까운 줄 모르고 저쪽은 멀어질 줄 모른다
이쪽과 저쪽을 구분할 줄 아는 사람은 스스로 문을 닫
지 않는 사람들이다 그리하여 이쪽에서도 저쪽에서도
신은 존재할 수 없고 무엇이든 믿기로 할 때 어떤 시절
이 멀리 떠나간다 누구나 사각(死角)에서 홀로 싸운다
질문한다 믿는다 그렇게 말해도 어차피 다 똑같아지는
걸 똑같지 않아도 슬퍼지는 걸 슬프지 않아도 결국은
멀어지는 걸

낯선 나라의 입국 심사처럼 은밀하고 거대한 너는

불투명한 문…… 온통 성에가 끼인 눈으로 여러 개
의 실루엣이 겹쳐 보인다 문 너머에서 처음 들어보는
발음으로 어떤 이름을 부르는 소리가 들렸다 그때, 내
가 돌아선다면

어쩔 수 없이 과거가 된 말들은 한꺼번에 부서진다
흩어진다 발견된다 기나긴 백야가 다시 시작될 것처럼
커튼이 드리우고 눈꺼풀이 깜빡인다 뒤집힌다 멀어진
다 스스로 문이 되어 은둔할 줄 아는 사람들만 밤마다
살아남는다

7

만약 네가 지금 내 곁에 없다면, 그때 우리가 만나지 못했더라면, 내가 다른 선택을 했더라면…… 이런 식의 가정법을 들여다볼수록 참 신기해요.

내가, 당신이, 우리가 선택하지 않은 시간을 상상해보는 일. 선택되지 않은 미래는 그 즉시 소멸하는 게 아니라 우리가 선택한, 지금 여기 실재하는 현재와 평행하게 존재하고 있을지도 몰라요. 다시 말해서, 여러 갈래의 현재로 갈라져 나아가고 있는 거죠. 무한히 많은 경우의 수로. 우리가 인간이기 때문에 상상 가능한 일이죠. 모든 갈래의 미래는 자유롭게 상상될 수 있어요. 자유롭게 상상될 수 있기에 그 끝은 공기 중에서 터져버리는 거품처럼 공허해요. 다시 말해서 상상 가능한 갈래는 나의 미래가 아닐지도 모른다는 뜻이죠.

이렇게도 가정해 볼까요.

만약 어떤 과거가 뻗어 나간 그곳으로, 선택되지 않은 무수히 많은 미래들 중 하나로 옮겨갈 수 있는 단 한번의 기회가 주어진다면, 평행하게 나아가는 또 하나의 현재로 갈아탈 수 있다면…… 당신은 어떻게 할 건

가요. 그 사람은, 우리는, 어떤 선택을 하게 될까요.

8

하나를 이룰 때 다른 하나를 잃는 것은 삶의 법칙 같은 걸까. 이루는 것 없이 잃기만 하거나, 아무것도 잃지 않았는데 무언갈 이루고 있다고 느낀다면 착각일지도 모른다. 삶의 거의 모든 것이 필연적으로 등가 치환된다.

그 반복 속에서 열망은 옅어지고 절망은 짙어진다. 경험적으로 느낀다. 그러나 동요하지 않는다. 적응하고 있는 것이다. 내가 서 있는 자리의 앞뒤로 커다란 거울이 놓여 있고, 끝없이 이어지는 거울 속의 거울과 거울 속의 나 자신이 무한히 복제되어 비춰진 서로를 들여다보고 있다. 감정이 배제된 줌 아웃.

비슷비슷한 거울의 구조 속에, 모두 똑같은 시선 속에 멍하니 갇혀 있다. 누구나 특별하다고 믿지만 실은 누구도 특별하지 않은 세계, 그러나 결코 평범하지 않은 세계. 그곳의 조명이 하나씩 꺼진다. 툭,

툭,

투둑….

9

(언제나 두 개의 사건, 또는 순간과 순간 사이를
지나는 중인, 잠시도 머뭇거릴 수 없는 길 위에 있는 우
리에게)

유의미한 제자리걸음······ 그것은 어떻게 가능한가?

　말을 최대한 적게 하고 싶다. 사람들을 만나 실컷 떠들고 돌아온 뒤에는 대부분의 언사가 후회로 남기 때문이다. 어떤 말을 어떻게 해야 할지 한참 고민한 뒤에야 꺼내는 편이지만, 말은 종종 불시에 튀어나오기도 한다. 붙잡으려고 애써 보지만 대부분의 말을 놓쳐버리고 만다. 한참 말하고 있다 보면 그냥 말을 하기 위해 말하고 있는 나를 깨닫곤 하는 것이다. 그렇다고 전혀 대화를 하지 않을 수는 없을 텐데 최대한 말을 줄이자니 꼭 해주고 싶은 말도 하지 못할 것 같아 영 내키지 않는다. 애초에 하지 말아야 할 말과 해야 할 말을 어떻게 정확히 구분할 수 있을까. 말을 하기 전에 미리 다 알 수 있다면 얼마나 좋을까.

　그러나 어떤 말의 쓸모나 여파를 내가 예측할 수는 없다. 내 말을 듣고 받아들이는 사람은 언제나 내가 아니니까. 일단 뱉고 나면 말들은 금세 날아가 버리지만 한 번 생겨난 오해는 쉽게 사라지지 않는다는 사실도 알고 있다. 말은, 그것을 말하기 위해서가 아니라 수행적으로 말해져야 한다. 그렇지 않다면 차라리 말하지 않는 쪽이 언제나 낫다.

11

한 번도 신을 믿어본 적 없지만, 문득 성당에 가고 싶어질 때가 있다. 혹은 믿어본 적이 없기 때문에 직접 그 안에서 느껴보고 싶었다고 해야 할까. 집에서 그리 멀지 않은, 아주 오래전에 지어진 성당으로 향했다. 그 것은, 아니 함부로 지칭하면 안 될 것 같은 그 성당은 한 세기가 넘게 그곳에 자리하고 있었다. 검색해보니 우리나라 최초의 성당이라고 했다.

처음 타보는 번호의 버스에서 내려 지도상의 위치를 향해 조금 걷다 보면 무성한 나무들 사이로 성당이 세워져 있는 터를 올려다볼 수 있었다. 높이 솟은 첨탑을 바라보며 성당 터를 둥글게 둘러싸고 있는 언덕을 오른다. 목조 계단의 난간을 따라 늙은 담쟁이가 자라고 있다. 전혀 다른 세계의 통로를 걷는 듯한 기분을 느낀다. 입구에 다다르면 왼편에 성당이 서 있다. 유럽의 성당처럼 화려한 장식도 없고 규모도 그리 웅장하지 지만, 그곳에는 분명히 내가 상상했던 어떤 믿음의 축적 같은 것이 안정감 있게 서 있었다.

성당이라는 건축물이 갖는 특유의 포용력과 질량

감을 좋아하고 가끔 그리워한다. 허공을 찌르는 첨탑의 모양을 보고 있으면 조용히 마음이 차오른다. 작고 정 갈한 붉은 벽돌들 하나하나가 모두 기둥 역할을 하며 차곡차곡 쌓여 있었다. 고딕 양식의 유리창과 스테인드 글라스의 대칭미를 천천히 살펴보며 몇 바퀴를 돌았다. 내가 믿어본 적 없는 믿음의 존재를 감각하고자 애쓰며 주변을 맴돌다 보니 어쩌면 이곳에서는 아무도 쉽게 무 너지지 않겠구나, 하는 생각이 들었다.

평일 오후의 성당 안에는 서너 명의 신도들이 각자 의 기도 속에 눈을 감고 앉아 있었다. 손에 들고 있던 필름카메라를 가방에 집어넣고 발걸음 소리를 내지 않 기 위해 최대한 가볍게 걸어 들어갔다. 두 개의 돌기둥 사이로 고개를 살짝 숙인 한 신도의 뒷모습이 보였다. 성당 내부를 천천히 둘러보고는 한참을 서서 그 신도의 뒷모습을 바라보았다. 다시 돌아 나올 때까지 그 신도 는 기도를 멈추지 않았다. 긴 시간 동안 멈추지 않는 곳 곳의 기도들을 생각했다.

성당 안으로 여과된 빛과 어둠은 한없이 차분하다.

그곳에서는 들이마시는 숨은 바깥의 것과는 조금 다른 느낌을 준다. 아주 오랜 시간 동안 용해되고 정화된 소망과 성찰이 그 안에 녹아있기 때문이지 않을까. 내가 모르는 무수히 많은 믿음이 성당을 거쳐갔고 앞으로도 그러할 것이라는 사실이 은근한 힘을 준다. 믿음과 믿음은 서로 평행하기 때문에 같은 공간 속에 무한히 쌓일 수 있다. 허공에 떠다니는 한 줌의 믿음을 쓰다듬어 본 뒤 알 수 없는 부끄러움을 느껴 잰걸음으로 성당을 나왔다. 그리고 여전히,

나는 너무나도 많은 것을 이해하지 못한다. 슬픈 사실이다.

12

빛바랜 책표지, 낯선 페이지에 끼워둔 책갈피, 미세하게 떨리는 손…… 흐릿한 연필 자국과 밑줄 그어진 문장들.

오래전에 느낀 강렬한 순간의 갈피가 종이 위에 남아있었다. 다 잊어도 완전히 사라지지 않고 묵묵히 시간을 견디는 것들이 분명 거기에 있었다. 단 한 순간도 잊고 싶지 않았음에도 불구하고 기어이 잊히는 것들은 도대체 다 어디로 가는 걸까. 무의미한 맹세… 갈피를 붙잡지 못하고 잃어버리는 나… 그리고 어떤 것의 잊힘… 잊힌다는 건 멀어짐인지 지워짐인지… 어느 쪽에 더 가까운지… 둘 다 아니라면 멀어지는 동시에 지워지는 무력한 사라짐인지… 혹은 그저 너라는 시공간인 건지.

어떤 진실은 예감되고, 말해지는 순간 현실이 된다. 누구나 그리고 무엇이든 언젠가 사라질 것이다. 그렇다면 그것은 정말로 완전한 사라짐일까. 기억의 파수꾼들이 우리를 침해하는 것은 아닐까. 저기 놓인 몇 권의 책 속에 갈피 된 순간들만이 영원한 진실인 걸까.

13

내가 나 자신을 돌아보려고 할 때 보이는 것은 투영된 나이지 사유하는 내가 아니다. 생생한 의식을 통해 들여다보는 나만이 진짜 나이고, 내가 보고 있는 것은 누군가에게 보이고자 하는 나이다.

수많은 타인들 앞에서 나는 프리즘의 결과물로 드러난다. 나 자신에 가장 가까운 나, 두 번째 나, 세 번째 나, 나와는 전혀 다른 새로운 나, 사람들을 만날 때마다 모습을 드러내는 서로 다른 나…….

나라는 인간의 실체를 통과하며 나는 다양한 모습으로 분산된다. 무한히 생겨나고 갈라지고 또 없어진다.

누구나 투영된 모습으로 서로를 마주한다. 마주한 사람들의 수만큼 나는 복수적인 모습으로 존재하는데, 그 모습들이 다 나라고는 말할 수 없다. 오히려 내가 아니라고 부정하고 싶어진다. 어떨 때는 다 지워버리고 싶어진다. 자꾸 외면하다 보면 진짜 자기 자신에 대해서도 말할 수 없어진다. 그럴수록 마음의 외벽은 높아지고 단단해진다. 모든 투영체(投影體)는 공허해서, 바람 한 점 불지 않는데도 금방이라도 사라져버릴 것처럼 흔들거린다.

여러 가지 모습이 혼재하는 것처럼 보이지만 엄밀히 말해서 그것들은 모두 내가 아니다. 수많은 상(像)을 일종의 거울삼아 나 자신을 어느 정도 파악할 수 있지만, 그것은 고작 일면에 불과할 뿐…… 전지적 시점으로 나타나는 나 자신이야말로, 혹은 그 시선의 주인이야말로 유일한 나인 것이다. 다른 모든 것은 잘 구축된 허상(虛像)에 불과하다. 그대로 두면 점점 더 크게 자라나 나의 실상(實像)을 고립시켜버릴지도 모른다.

관계 속에서 드러나는 나를 완전히 배제할 수는 없지만 보이고자 하는 나를 필요로 하지 않을 때, 더는 그것이 중요하지 않을 때, 조금이나마 자유로워질 수 있을 것이다. 거울을 보지 않을 수 있을 것이다. 프리즘이 보여주는 환영에 스스로 취하지 않을 수 있을 것이다.

무수히 많은 사람들 앞에 무수히 많은 내가 서 있다. 프리즘 속에서 빛을 잃고, 필연적으로 굴절되어 길을 잃는다. 나의 뒷모습들이 일시에 나를 돌아보지만, 내가 있어야 할 자리에는 아무것도 없다.

차디찬 체념을 어루만진다. 내가 허공에 섞여든다. 누군가의 손을 붙잡고, 나와 나 사이의 어둠 속으로 헤엄쳐 들어간다.

나는 나 자신의 기원으로부터 한없이 멀어지고 있다.

14

　　2006년 겨울의 나, 2012년 봄의 나, 2015년 여름
의 나, 그리고 또 어느 해 어느 계절의 나는 저마다 다
른 차원 속에서 평행하게 살아가고 있을 것이다. 나로
서는 예측할 수도 확인할 수도 없는 무수히 많은 시나
리오로, 저마다 이유를 알 수 없는 어지럼증과 그리움
을 느끼며, 어쩌다 한 번씩 서로에 대한 그리움을 떠올
리며……
　　그런 터무니없는 생각으로 평화를 느낄 때가 있다.
어느 정도 터무니없어질 때 누구나 얼마간 무한할 수
있으므로.

15

한 장의 사진 너머에는 그 사진이 찍히기 직전의
무수히 많은 순간들이 포개져 있듯이, 우리는 어떤 순
간의 자기 자신을 통과할 때마다 조금씩 견고한 존재
가 되어간다. 현재의 나에게는 이미 관통해 온 여러 겹
의 시절이 층층이 쌓여 있다. 한 사람의 시간은 석영처
럼 단단해서 쉽게 풍화되지 않는다. 다행인지 불행인지
는 몰라도. 우리는 책장을 한 장씩 넘기듯이 순간을, 매
일을 포갠다. 오랜 세월을 보낸 나무의 밑동처럼 두터
워진다. 온 힘으로 땅을 꽉 쥐고 있는 나무들에 대해 생
각하다가 문득, 용기의 촉감을 배운다.

특별할 것 없는 아무 해의 아무 날짜를 하나 생각한다.

이를테면 2012년 2월 7일이나, 1999년 4월 28일 같은, 의지를 가지고 연상한 날짜가 아니라 무작위로 떠오르는 숫자를 나열한 날짜를. 정확히 숫자를 말할 수 없는 날짜여도 상관없다. 오늘, 그리고 내가 태어난 날 사이 어느 해의 어느 날을, 먼지 쌓인 앨범을 꺼내 아무렇게나 펼쳐 보듯이 그 하루를 되짚어본다. 서른 번이나 지나간 생일들, 어떤 기념일들, 하나도 특별할 것 없는 보통날들과 평생 잊어버릴 수 없게 박제된 날들까지, 그 시간들은 아주 오래전에 기억의 저편으로 흘러가 버렸다. 거센 물살에 휩쓸려 형체를 찾을 수 없다.

되찾을 수 없는 시간에 대해 생각한다. 우리가 과거라고 부르는, 실체를 확인할 수 없어 의심스럽게 느껴지는 어떤 장면들을. 우리가 기억하는 과거는 과연 실제로 존재했던―현재형으로 써야 할지 과거형으로 써야 할지…… 가끔은 시제에 대해서는 생각하지 않고 싶다.―걸까. 일종의 감각일 뿐일까.

지금 이 순간을 지나쳐 간 모든 시간은 기억이라는

이름으로 뭉쳐지는 반죽 덩어리 같은 게 아닐까. 눈덩이처럼 불어나고 또 금방 녹아버리는. 그렇다면 회상은 어떻게 가능할까. 기억은 보관된 무엇이 아니라 현재 시점에서 다시 창조되는 과거에 대한 상상 같은 걸까.

그게 모두 일종의 상상이라면 시간은 도대체 무엇일까? 혹시 시간은 나 자신이 아닐까?

불분명한 어떤 시간을 가리키는 단어들을 나열하고 문장들을 직조하고 사실들을 구상한다. 온 감각을 집중하면 과거와 연결된 무수히 많은 끈들이 손안에 쥐어져 있음을 느낄 수 있다. 오래된 끈, 깨끗한 끈, 팽팽하거나 느슨한 끈, 팽팽하지도 느슨하지도 않은 미지의 끈 같은. 어떤 끈들은 몸 깊은 곳에서부터 줄줄이 꺼내지기도 한다. 그것은 좀처럼 끊어지지 않는다.

예외 없이 아무 해의 아무 날짜가 될 건조한 날들이 지나간다. 반죽 덩어리가 되어 굴러간다. 삶이라는 악보에 비슷비슷한 음표가 하나씩 찍힌다. 나는 근엄한 지휘자처럼 손아귀를 펼쳐보지만, 모든 시간의 끈이 가늘고 긴 손가락 사이로 너무 쉽게 새어 나가버리고 만다.

멈추지 않는 시간 속에서 간신히 나 자신을 붙들고 있다. (이 문장을 곱씹으며 간신히, 라는 부사로 시작되는 문장들에 이식된 온갖 두려움에 몸서리친다.)

많은 것들이 지속되지 않을 것이다. 알고 있지만 안다고 말하지 않는다. 언제나 그래왔고 앞으로도 그럴 것이다. 지속할 수 있는 것은 오직 나의 의지로부터 발현되는 독립적인 순간들뿐이다. 의자에 앉아 지난날의 내 모습이 의자 밑에 부서져 있는 광경을 본다. 주우려고 할 때마다 나는 더 부서진다. 흩어진 파편들이 제자리로 돌아온다. 회귀, 회귀, 회귀. 루트 바깥은 고려하지 않는다. 홀로 남겨지는 일의 쾌감에 대해 쓴다. 사랑도 미움도 증오도 다 처음으로 돌아간다.

시간은 내게서 달아나지 않는다. 나 자신을 중심으로 부지런히 원을 그리다 보면 어느새 세계의 중심은 내가 되어있을 것이다.

18

지금, 올라갈 수 있는 가장 높은 곳으로 간다.

허리와 가슴을 펴고 고개를 든다. 단숨에 펼친다는 느낌으로 최대한 멀리 떨어진 풍경에 시선을 보낸다. 갇혀 있던 시야를 과감히 넓힌다. 먼 곳의 피사체를 당겨서 보지 않고 가만히 둔다. 이리저리 방황하는 초점을 그대로 둔다.

인공물에 가려지지 않은 원거리의 풍경은 다양한 선과 형태를 만들어낸다. 촘촘히 붙어 누운 듯한 건물들을 보고 있으면 거리감과 공간감이 사라진다. 빛은 각도를 서서히 바꾸는 얼굴처럼 존재하고, 각각의 물체를 비추지 않고 전체를 한꺼번에 비춘다. 그러면 모든 피사체가 풍경이라는 표면의 일부가 된다.

자연물은 제자리에 고정된 채 움직이지 않는다. 가끔 흔들거릴 뿐 그냥 거기에 있다. 정말로 거기에 있다. 정말로 거기에 그것들이 존재한다는 단순한 믿음이 왜인지 나 자신에 대한 의구심을 잊게 만든다. 아무것도 아닌 사실로부터 과분한 위안을 받는다.

나는 그저 본다. 되도록 시간의 흐름을 느끼지 않

으려 애쓴다. 거의 아무것도 보이지 않을 정도로 멀리 내다보는 행위가 잠시나마 나 자신의 테두리를 확장시켜 준다. 깨끗하고 차분한 쾌감을 준다. 내 호흡이 내가 서 있는 위치와 좌표를 새삼 실감하게 한다. 세계의 박동 소리를 듣는다. 내가 정말로, 지금 여기에 존재하고 있다.

지금, 여기……

단 두 개의 단어가 순간을 내리치고 존재를 깨우친다. 삶 전체를 관통한다.

19

....

우리가 여기 평평한 종이의 표면에서 실시간으로
연결될 수 있다면
　지금이 마지막인 것처럼 털어놓을 수 있겠습니까?

　제목: 실재하는 허구와 불가능한 논픽션에 대한 연구

　이미 모든 재료가 준비되어 있으므로 당신의 생김
새를 지우겠습니다
　지우지 않아도 어차피 다 똑같지만
　성별과 신념을 뒤집어 입으면 당신은 세상에 대해
무엇을 말할 수 있습니까
　일 년 동안 먹어 치운 것에 대해 솔직하게 전부 다
말할 수 있습니까
　언급되거나 언급되지 않거나, 마침내 바라던 대로
　미심쩍은 눈빛으로 입술을 핥으며

이곳에서는 당신에 관한 어떤 흔적도 남기지 않을
것입니다 그러니 안심하세요
언급되지 않는다면 안전할 것입니다
반드시 발견될 것입니다

………

빛을, 아니 시간의 골조를 소거합니다
먼지가 쌓인 전신 거울과 푹 패인 베개의 형태 따
위의 현상들
더없이 거대해지는 환상으로의 몰입과
정신의 외곽으로 멀어지는 사운드
아주 오래된 말들의 뉘앙스
뒤척이는 꿈속의 목소리

흰 공간, 순수한 명상, 깨끗한 침묵
지금부터 우주 최초의 리추얼을 재현하겠습니다
시작해도 되겠습니까? 그런데, 누구에 의해 시작

됩니까?

········

[가장 먼 현재로부터 접속 중입니다······]

········

[가장 가까운 현재의 문을 두드리고 있습니다······]

········

동시에 눈을 감을 것입니다
서서히 눈 주변의 근육이 풀어집니다
눈꺼풀 안쪽이 투명해질 때까지, 1초라는 시간의
개념에 대해 생각하십시오
조심스럽게 책장을 덮으면 무사히 동기화될 것입
니다

섬세한 차원의 경계를 헤매듯

홀로 영원히

현재에 있는 마음을 즉각 기록해 두면 나중에 읽었을 때 그 마음이 고스란히 전해진다. 읽을 때마다 단어들 사이에서 어떤 시간이 움트고 새롭게 일렁인다. 때로는 애틋하게, 때로는 차분하게 되살아난다. 늘어져 있던 나를 다시 일어서게 만들기도 하고, 두 번 울게 만들기도 한다.

기록은 스러져 가는 마음을 되살리는 일이다. 순간의 물결을 고이 간직하는 일이다. 그러니 어떤 마음이든, 마음을 기록하는 일만큼은 게을리하지 말 것.

당신과 나를 비롯한 모두는 대답 없는 제3자다. 세계는 서로 다른 형태와 분위기를 지닌다. 관찰자의 위치에 따라 모습이 바뀌는 그림처럼 매 순간 다르게 보인다. 세계는 곧 얼굴이다. 전혀 예상치 못한 얼굴로 나타난다. 해답과 결말이 존재하지 않는 미스터리로 가득한 삶. 그는 하나의 장르와 같다. 어느 누구의 증언도 단 하나의 정답을 가리키지 못한다. 불안한 사람들과 억울한 사람들의 모임. 풀린 올을 따라가다 보면 감당할 수 없는 진실을 만난다. 그러나 진실은 몽타주가 될 수 없다. 분해되지도 결합되지도 않는다. 우리는 서로 다른 얼굴을 가졌지만 어느 누구도 특별하지 않다. 물리적인 것은 상대적이다. 절대적인 것은 물리적이다. 내가 보는 세계가 하나의 얼굴을 이루고 당신이 보는 세계 또한 하나의 얼굴을 구성하는 도구일 뿐이다. 그는 하나의 상징과 같다. 실재하는 것과 의식하는 것 사이에는 구성주의 작품처럼 기하학적인 얼굴들이 존재한다. 전시실의 문이 닫힌다. 문은 어느 쪽에도 속하지 않는다. 얼굴은 우리가 하는 생각 그 자체다. 생각은 주

관의 얼굴이다. 생각을 쓰고 말하는 것은 세계에 얼굴을 드러내고 표정을 비추는 일이다. 몰두할 때마다 얼굴은 빛난다. 수면 위에 얼굴이 비친다. 잔물결이 반짝인다. 거대한 수평선이 제 몸을 일으켜 세운다. 그는 미스터리다. 단숨에 아름답다.

잔가지처럼 웅크린 과거를 지켜본다. 과거는 언제나 미래보다 크다. 과거는 계속해서 파묻히고 미래는 끝없이 발견될 것처럼 방대하게 느껴진다. 그러나 과거는 미래보다 작아지지 않는다. 한 번도 작아진 적이 없다. 두 단어의 발음 또한 그러하다.

시간의 질감에 대해 말하자면, 미래는 순차적으로 부드럽게 다가오는 것이고 과거는 폭우에 불어난 댐처럼 흘러넘치는 것이다. 뒤를 잘 돌아보지 않는 사람조차 갑자기 방류된 과거에 쫓겨 온몸이 젖곤 한다. 결국엔 누구나 돌아본다. 금기를 어기고 허우적거린다.

과거는 종종 폭발한다. 알고도 막을 수 없는 기폭의 순간은 예고되거나 전혀 예고되지 않거나. 아무도 저항하거나 도망칠 수 없고. 일단 폭발하기 시작하면 번개와 같이 삶을, 하루를 쪼갠다. 가장 멀어진 현재의 조각부터 가장 가까운 현재의 조각까지 모조리 흩어진다. 그것은 순식간에 달려들어 현재를 집어삼킨다. 현재는 무자비하게 잠식당하고 미래는 장막 뒤로 가려진다.

고도로 시간적인 미장센.

쫓긴다. 무섭게 얼어붙는다. 쉽게 놓아주지 않는
다. 우리는 과거적으로, 너무나도 과거적으로 현재를
갉아먹는다. 자기 자신의 문턱을 잃어버린다. 먼지 가
득한 서재의 책을 전부 쏟아버린다. 의미라는 것은 도
대체 어디에서 발견되는지. 누구나 필사적으로 과거로
부터 도망치는 중이다. 그래서 죽음이 두렵지 않다. 도
망칠 힘을 다 소진할 때쯤 아주 긴 빙하기가 시작된다.
혹독하고 쓸쓸한, 언어의 그림자조차 꼼짝할 수 없는
밤. 꿈과 현실의 무의미한 환원. 무한히 가속하는 야간
열차.

과거는 소진되지 않는다. 언제나 미래보다 크고
강하다.

'어떻게 살 것인가?'와 '나는 어떤 인간인가?'는 정확히 같은 질문인 것처럼 읽힌다. 내가 살아가는 방식이 곧 나 자신을 증명하는 유일한 것이기 때문이다. 오직 행위와 그 방식만이 존재를 발현한다. 그러므로 '앞으로 어떻게 살아갈지'에 대한 생각을 제외하면 하루의 끝에 돌이켜 본 '오늘 하루 동안의 나'는 거의 나라는 인간 자체와 같다.

지난날을 제외한 오늘 하루 동안의 나는 어떤 인간인가?

삶을 바꾸는 것은 답이 아니라 질문이다. 답은 살아가면서 언제든지 바뀔 수 있지만, 질문은 바뀌지도 사라지지도 않는다. 절대적인 좌표에 영원히 남겨진다.

24

내가 정말 하고 싶은 일이 무엇인지 나는 여전히 알지 못한다. 언제나 그래왔다. 하고 싶은 일이 분명했던 적은 단 한순간도 없었다고 생각한다.

주변을 둘러봐도 자신이 정말 하고 싶은 일이 무엇인지 확신하고 있는 사람은 거의 없다. 있다 해도 그 생각은 언제든지 뒤집힐 수 있을 것이다. 1년 365일 내내 단 한 번도 불안에 휩싸이지 않고 확신할 수 있는 사람은 없다. 이대로 괜찮을까, 마음속으로 되뇌인다. 지금 하고 있는 것이 맞는지, 지금처럼 하고 있으면 되는 것인지, 아니면 완전히 다른 방법이 필요한 것인지, 어느 누구도 알지 못한다.

마치 지도 한 장 없이 바다 위에서 노를 젓는 일과 같다. 바다에서 노를 젓고 있으니 방향과 길을 안내해 줄 지도가 있어야 할 것 같지만 사실 지도 같은 것은 처음부터 주어지지도 존재하지도 않았던 것이다. 만약 지도 없이는 조금도 나아갈 수 없다면 언제든지 나아가기를 포기할 수도 있다. 그러나 포기하는 순간부터 노를 젓는 행위는 의미를 완전히 상실하고 만다.

우리가 헤매는 바다에 단 하나의 목적지 같은 것
은 존재하지 않는다. 바로 이곳이라고, 비로소 최종 목
적지에 도착했다고 느끼는 순간이 올 수도 있지만 사실
그곳은 거쳐 가야 할 여러 개의 섬들 중 하나일 것이다.
언젠가 또다시 바다로 돌아가야 한다. 머물다 보면 돌
아가고 싶어질 것이다. 바다에서의 햇살과 바람과 밤과
흐름이 그리워서.

그러니까 바다 위에서 노를 젓고 있을 때, 내가 정
말 하고 싶은 일이 무엇인지도 모르고, 무엇이든 하고
있을 때 내게 필요한 것은…… 그냥 아무 생각도 하지
않는 것이다. 생각을 멈추고 몸을 움직이는 것이다. 그
저 노를 젓는다. 가능한 한 부드럽고 편안하게, 노를 젓
는 동작과 묵직한 노에서 느껴지는 물의 흐름에 오롯이
집중하는 마음가짐으로.

잘 드러나지 않지만 이미 많은 사람들이 그렇게 하
고 있다. 그들은 무언가 달라진 눈빛을 통해 서로를 알
아본다. 본능적으로 알고 있기 때문이다. 노를 젓는 일
자체가 얼마나 멋지고 즐거운지를.

25

나는 유일한 나 자신이 아니다. 살아가는 내내 타인들을 마주할 때마다 조금씩 변해가고 또 새로워진다. 어떤 나는 희미해지기도 하고 또 어떤 나는 선명해지기도 한다. 가끔은 새로 등장하기도 하고 죽거나 다시 태어나기도 한다. 내가 아는 나는 이미 지나친 잔상들 중 하나일 뿐 나 자체가 아니다. 내가 모르는 나의 존재는 항상 나보다 크다.

26

　—너를 위해서, 라고 언제나 말하지만…… 결국 나
자신을 위한 일이다. 말은 말일 뿐이다. 사랑이 대부분 그
렇다. 종종 서로를 다치게 한다. 네가 나를 찢고 나온다.
나는 너를 찢고 나온다. 쾌감보다는 고통에 더 가깝다.

　—문의 필연성에 대해 말할 때, 너와 나는 없고 문
은 좌표 어디에나 존재한다. 시간적으로든 공간적으로
든. 마음대로 나타나고 사라진다. 열리고 닫힌다.

　—몸통을 끊고, 가치를 치고, 뿌리를 솎아내고, 싱싱
한 잎사귀를 자른다. 흙과 공기와 물, 그리고 너의 머리
칼이 사르륵. 우리가 우리 자신을 바라본다. 바라보기 위
해 함께하는 것이다. 빛을 머금고, 몸을 쓰다듬고, 건강
을 염려한다. 같은 질문을 여러 번 건넨다. 너는 나를 바
라보고 있을까. 바라볼 수 없다면 감각하고 있을까. 우
리, 기도를 해볼까. 날씨와 눈물의 상관관계에 대해 너
는 얼마나 이해하고 있을까. 졸음이 쏟아진다. 부드러
운 아침잠과 섬세한 기지개. 나는 내일의 살결을 사랑해.

—너의 '있음'과 나의 '있음', 너의 '바라봄'과 나의 '바라봄'은 서로 같을 수 있을까.

—입술과 눈썹 사이에는 언제나 기분이 발생하고, 기분이 얼굴을 가리면 우리는 존재와 존재의 기분을 구별할 수 없게 된다. 너는 거기에 있고, 나는 여기에 있으며, 기분은 마치 유령처럼 너와 나 사이를 오고간다.

—한없이 깊어지는 단 한 개의 눈에서 기다려 온 새순이 돋는다. '눈'을 '문'으로 바꿔도 이 문장은 성립한다. 새순이 자라는 광경을 뚫어져라 바라본 적 있는 사람이라면 누구나 믿고 있는 사실이다. 문은 그렇게 피어난다.

—일 년 내내 시들지 않는 정원과 햇빛이 내리쬐는 평화의 땅, 흙처럼 숨쉬는 너의 부드러운 어깨.

—순수한 감정은 뿌리 하나 없이 스스로 자라난다. 시간의 조력을 필요로 하지도 않는다. 사랑은 그런 곳에 착생한다.

27

여름의 문을 두드린다. 더운 몸을 씻긴 풀과 나무가 무거운 빗물을 털어내는 소리에 눈을 뜬다. 다정한 새들이 우리의 아침을, 어느 한 시절을 조용히 깨운다. 온종일 장맛비가 쏟아지고 맑게 갠 바로 다음날의 깨끗한 빛과 바람 아래서, 나의 영혼이 생동하고 있음을 명징하게 느낀다. 안개에 덮인 산과 흙이 젖은 숨을 한껏 내쉬면 그것을 들이마신다.

나는 당신을 생각하고, 우리의 여름은 황홀하고, 사랑의 호흡이 선명하다. 이 세 문장은 사실 한 문장처럼 포개져 읽힌다.

28

누가 누굴 탓할 수 있겠니. 정확하게 잘잘못을 가릴 수 있다면 두렵지 않은 엔딩을 맞이할 수 있을까. 자기 자신이 아닌 대상을 원망하는 사람과 자책 속에서 끝없이 무너져내리는 사람 중 어느 쪽이 더 나은지 알 수 있을까. 만약 잘잘못이 명확하게 가려진다고 해도 우리가 함께 목격한 것을 못 본 척할 수는 없을 거야. 잘못이 누구의 것인지는 함부로 말할 수 없어. 어쩌면 이 모든 게 끊임없이 이어지고 반복되는 꿈의 설계도 같은 건지도 몰라. 어디서부터 시작이고 어디까지가 결말인지 알 수 없는 불확실한 에피소드. 너는 다 잊어버렸지. 또 잃어버렸지. 원인을 알 수 없는 결함, 스르륵 잠이 들 때마다 나타나는 두통, 출구를 찾을 수 없는 긴 겨울 꿈 같은 것. 쿤데라가 말한, 보고 그릴 대상이 없는 무(無)에 대한 스케치 같은 것. 우리가 기억하는 순간들은 있었거나 없었거나 둘 중 하나이고, 영원히 확정될 수 없어. 아무도 진실을 선택할 수 없어. 다짐은 아무도 모르게 지속될 수 없어. 그러니까 돌이켜 보지 않아도 돼. 견디지 않아도 돼. 어느 쪽으로도 향하지 않아도 돼. 그저 살아내기만 해도 돼. 우린 다시 태어나지 않아도 돼.

29

5월의 어느 맑은 아침. 침대에 누워 창문 밖으로 유유히 흐르는 구름떼를 본다. 사소하지만 소중한 순간들을 떠올린다.

작은 자유, 작은 기쁨, 작은 평화, 작은 희망.

언제 어디서든 마음만 먹으면 충분히 취할 수 있는 정도의 작고 무용한 아름다움에 관하여. 그런 것들이 게으른 하루를, 삶을 움직인다. 열어둔 창문으로 계절 냄새가 드나든다. 오전 내내 세탁기를 돌리고, 식물들을 분갈이하고, 설거지를 하고 테라스에 빨래를 넌다. 청소기를 돌린 다음 늦은 점심을 해 먹고, 오후의 볕이 가득 내리쬐는 계단을 내려간다. 바람이 살랑거리고 개들이 산책하는 골목을 지나 작업실로 향한다. 문득, 턱밑까지 다가온 죽음을 앞두고 있을 언젠가의 하루를 떠올린다. 그날을 나는 마지막 날이라고 부르지 않을 것이다. 하나도 다를 것 없는 하루. 내일에 대해서 여전히 상상할 수 있는 하루. 고개를 힘껏 털어낸다. 작업실 창문을 활짝 열어젖힌다. 의자에 앉아 검은 화면을 본다. 초점을 맞추면 화면에 비친 차가운 내 얼굴이 보이고……

나는 너무 많은 것을 잊고 살아간다. 그저 그런 날들이 너무 많은 것을 잊게 만들고, 또 어떤 하루는 너무 많은 것을 상기시킨다. 더는 슬픔이 슬프지 않은 하루.

30

조금만 주위를 둘러보면 좋은 말들이 정말 많다. 언제 어디서나 쉽게 접할 수 있다. 동기를 부여하고 새로운 자극을 주거나 다시금 나아가게 해주는 말들. 잊고 있던 것을 깨닫게 해 주고, 몇 번이고 다짐하게 만들고, 보다 나은 시선으로 삶을 바라보게 만든다. 그러나 좋은 말은 좋은 말일 뿐. 다 비슷비슷한 이야기를 하고 있다. 본질은 같은데 말하는 사람에 따라 조금씩 달라질 뿐이다. 그걸 받아들여야 하는 사람은 결국 나 자신이다. 내가 어떻게 받아들이고 행동으로 옮기는지가 중요하다. 대부분 이미 알고 있는 이야기일 것이다. 혹은 모른 척하고 있었다거나. 비슷비슷하기 때문에 다 쓸모없는 말이라는 것이 아니라 말하는 사람이 곧 내가 되어야 한다는 것이다. 다른 사람의 이야기가 아니라 내 이야기가 되어야 한다. 그리고 내 이야기가 되면 더는 말할 필요가 없어진다. 꼭 말해야 한다면 듣는 사람은 나 자신일 것이다. 동기는 갈망하는 것이 아니라 스스로 부여하는 것이다. 동기가 쌓여서 굳어지면 신념이 된다. 버팀목이 되고 존재감이 된다. 지금 이 말들 또한, 언젠가의 나 자신에게 들려주기 위한 말일 것이다.

31

—나는 그날을 기억한다. 너는 그날을 기억할까?

—나의 그날과 너의 그날은 서로 같은 방향에 있는 기억이 아닐지도 모른다. 이것은 비극이다.

—기억을 회상하는 일이, 이미 과거가 된 어떤 장면과 대화를 불러오는 것이 아니라, 앞으로 일어날 어떤 장면과 대화에 대한 기시감 같은 것이라면?

—그러니까 내가 "그날을 기억한다."라고 말할 때, 그날이 이미 지나간 날이 아니라 곧 다가올 날이라면, 과거가 아니라 미래라면…… 시간이라는 감각은 매혹적으로 전복될 수 있을까. 시간적인 상상은 그때도 여전히 유효할까.

—"미래는 가까워지고 과거는 멀어져요. 과거를 흘려보내고 미래를 끌어와요. 시간의 흐름에 관계없이 회상할 수 있다면 언어의 시제는 도치될 수 있을까요. 모든 시제의 문을 동시에 열리게 할 수 있을까요."

―우리는 과연 얼마만큼 현재일 수 있을까? 우리가 현재라고 느끼는 순간의 간격을 무한히 좁힌다면…… 빈틈없이 몰입할 수 있을까?

　―"모래시계를 선물 받았어요. 어느 쪽이 위고 어느 쪽이 아래인지 어떻게 확신할 수 있을까요? 위에서 아래로 시간이 쏟아진다는 표현은 옳을까요? 그런 생각을 하다 보면 쏟아지는 모래알이 되고 싶어져요. 실컷 쏟아지고 싶어져요."

　―시제에 대해 말해야 한다면 과거보다는 미래에 대해 말하고 싶어지고, 미래보다는 현재에 대해 말하고 싶어진다. 시퀀스가 무너진다. 나는 과거를 기다린다. 어떤 미래를 기억한다. 현재의 문은 끊임없이 닫힌다. 오늘과 내일의 간극을, 어떤 날의 나 자신을, 시제를 벗어난 선택들을 믿는다.

—순간은 연속된 문이다. 문이 하나씩 열릴 때마다
내가 선택한 기억의 장면들을 쌓아 나간다.

32

집은 소외의 공간이다. 모든 상념을 빨아들이고 근원적인 감정만을 남긴다. 아무것도 하지 않고 집에서 하루를 보내기로 마음먹는 순간, 집 한가운데 거대한 중력장이 놓인다. 집 밖의 풍경들이 거짓말처럼 증발하고 세계를 향한 창문들이 차례로 닫힌다. 나는 땅으로 꺼져버릴 것처럼 일그러진다. 시간이 잠시 사라지고 거짓말처럼 고요해진다. 삶의 정적이 나를 짓누른다. 익숙한 사물들이 자기 존재를 지운다. 우주적인 현기증이 흐물거리는 공간을 집어삼킨다. 가장 맑은 어둠과 가장 차분한 소란이 한데 섞인다. 오래전부터 나를 노리고 있던 허무가 문을 열고 들어온다. 허공에서 허공으로. 아무것도 자각하지 못한 채 나는 무의식 속으로 실종되어버린다. 신조차 나의 존재를 잊어버릴지도 모른다. 잃어버린 시간의 어스름이 나를 깨워 일으킬 때까지, 나는 나 자신의 정체를 찾아 헤매는 완전한 타인이 된다.

고독과 불안으로 점철된 삶. 크고 작은 질서의 발견과 그에 대한 탐구가 쌓여 미완의 삶을 이룬다. 우리는 삶의 질서가 될 수 없다. 오직 순응하거나 거스를 뿐이다. 완전히 새로운 질서는 창조되지 않고 나는 언제나 그 과정 속에 있다. 잃어버린 열쇠를 찾는다. 누군가 나의 앞길을 비추고…… 인간의 실루엣인 줄 알았는데 자세히 보니 아니었다. 일년 내내 추운 나라의 낯선 단어들과 아무것도 가리키지 않는 시적인 메시지들, 바짝 마른 나뭇잎이 잔뜩 끼워진 두꺼운 책 몇 권이 놓여 있었다. 은둔자의 눈으로 책을 펼친다. 한참을 읽다가 책장을 덮으면 나타나는 차원의 문, 세월의 돌, 우주의 눈. 시간은 펼쳐져 있기 때문에 지금 당장 죽는다고 해도 전혀 이상할 것이 없다. 계속해서 살아가는 것도 마찬가지…… 삶과 죽음은 매 순간 우연히 결정된다.

내 것이 아니라고 느껴지는 꿈을 꾼다.

제멋대로 자란 풀밭과 열매가 무성한 나무가 북쪽에서 불어오는 바람에 흔들린다. 나는 들고 있던 검은 우산을 접는다. 쏟아지던 비가 그친 지 얼마 되지 않아 불쾌할 정도로 습하다. 언제라도 다시 비가 쏟아질 것 같은 오전이다.

이곳은 밤이 제거된 어느 한적한 도시…… 12월, 혹은 1월일까? 허투루 두리번거리지 않는 차분한 사람들이 골목 여기저기를 걷고 있다. 오래된 건물들이 늘어서 있고, 누군가 1층 갤러리의 통유리를 들여다보고 있다. 고개를 내밀지 않고 꼿꼿이 서 있다. 마치 모양을 미처 다 잡기도 전에 굳어버린 도자기처럼. 그는 곱슬곱슬한 단발머리에 베이지색 스카프를 대충 목에 두르고 붉은색 3버튼 재킷을 입고 있다. 세상의 온갖 잿빛을 수집해 나열해 둔 것 같은 골목에서, 그는 혼자 눈에 띄게 돌출돼 있다. 순간 그의 눈이 반짝인다. '눈'을 '문'으로 바꿔도 이 문장은 성립한다.

무엇을 들여다보고 있는 걸까? 이 질문은 그를 향

하지 않는다. 모든 질문은 결국 자기 자신을 향한다. 어느 다른 골목에는 검은색 3버튼 재킷을 입은 내가 서 있을 것이다.

페인트가 덕지덕지 칠해진 담장. 그 앞에 낡은 실외기 팬 하나가 돌고 있다. 이쪽으로 돌기도 하고 저쪽으로 돌기도 하며 북쪽에서 불어오는 바람에 의해 아주 느린 속도로 회전하고 있다. 7월, 혹은 8월일까? 이것이 한여름의 풍경이 아니라면 나무들은 왜 스스로 뿌리를 드러내고 있을까? 숲의 이미지가 점점 가까워진다. 산책길의 개가 잇몸을 드러내며 으르렁거린다.

오늘만큼은 골목이 아닌 숲속을 걷도록 해. 나무가 말한다.

그때 다시 북풍이 불었고 어디선가…… 종이 울리기 시작한다. 그리 멀지 않은 곳으로부터 들려오는 신비로운 종소리. 분명히 낯익다. 일정한 간격을 두고 날아온다. 처마 위에 부드럽게 착지하는 새들처럼. 정확히 11번째 종소리가 『오래된 말들의 뉘앙스』라고 적힌 이름이 쓰인 푸른색 간판에 착지할 때, 무언가 폭발하는 듯한 충격이 순간적으로 전해져 온다.

모든 충격은 의외로 아름다워. 새가 말한다. 언제나 두 개의 사건, 또는 순간 사이를 지나고 있는, 잠시도 머뭇거릴 수 없는 길 위에 있는 우리에게.

순간 나는 주저앉았고, 모든 것을 그만두기로 마음먹었다. 아주 개운한 마음으로. 절대로 후회하지 않을 거라고 홀로 다짐했다. 그림자가 사라지며 시간이 멈췄고 나는 눈을 질끈 감았다.

그러자 꿈에서 깼다.

35

언젠가의 죽음, 그날로부터 시간을 셈한다. 하루, 이틀, 그리고 사흘. 오늘로부터 사흘 뒤의 죽음이 아니라 알 수 없는 언젠가의 죽음으로부터 앞선 사흘. 바로 그 시점으로 건너뛴다면 내게 주어지는 사흘의 시간을 어떻게 보내야 할까. 죽음을 알 때와 모를 때 무엇이 달라질까.

두 가지 상황의 나를 그려 볼 때마다 모순된 용기가 솟아오른다. 수많은 시점의 내가, 지금 여기 하나의 시점으로 집결된다. 아무것도 모른 채 죽음을 앞둔 사흘과 지금 당장의 사흘이 다르지 않다면 죽음은 다 똑같아진다. 누구나 죽는다, 라는 사실과는 또 다른 이야기다. 모든 죽음은 결국 한 사람의 것이기 때문에. 언제가 될지도 별로 상관이 없어진다. 죽음이란 주어진 삶 너머로 시간의 열매가 맺히는 일 같은 것. 죽음 앞에서 모든 것이 무의미하다고 느낀다면 그건 그저 두렵기 때문인 건지도 모른다.

죽음이 영글어간다. 나는 사뭇 살아있다.

연관성 없어 보이는 두 개의 명제가 내 안에 공존한다. 그렇게 생각하면 아무것도 두렵지 않아진다.

36

누구나 살아가면서 조금씩 소실 당한다. (그것이
우리가 느끼는 시간의 본질이다.) 타인에 의한 것(침
식)과, 자기 자신에 의한 것(마모)의 차이가 있을 뿐이
다. 어떤 의미에서 우리는 태어난 바로 그 순간에 가장
완전하고, 숨을 거두기 직전의 순간에 가장 보잘것없
다. 덧없는 찰나의 발광(發光)처럼.

37

똑같이 생긴 창문들 사이로 똑같이 생긴 얼굴들이
다투고 있다
거짓과 거짓의 충돌은 세상의 모든 혼잣말을 질식
시키고

좋아하는 것에 대해 말해 봐요, 그래요? 우린 제법
대화가 잘 통하는군요 나는요 우리가 이럴 줄 알았어요
조금 더 대화를 나눠 볼래요?

여러 번의 질문이 끝난 뒤에도 여전히 모르는 것이
많아서 더 이상 묻지 않기로 한다
고개를 숙여버리면 물리적으로 멀어질 수 있다
집에 가고 싶어 옷장에 걸어둔 표정을 꺼내 입고 싶어
같은 말을 하고 있으면서 서로 다른 생각을 하는 것이다
어쩔 수 없다는 말로 자꾸 뻔뻔해지는 것이다
습관이란 대체로 부끄럽고 부끄러움은 어쩔 수 없
이 습관적이다

어떤 신호처럼 눈썹을 들어 올리고 입술을 만지작
거린다 후회하지 않는 척하며 고개를 끄덕인다

이미 익숙한 거짓말들
거짓말에 관한 원론적인 거짓말들
겉으로는 멀쩡해 보이는 제스처들
또는 그런 류의 수두룩한 시늉들

억지라고 느낄 때마다 말과 글을 파묻어버리기로 한다
그렇게 파묻고 나면 정말 마음이 편해지니? 다시
파헤치지 않을 자신은 있어?
아침이면 지난밤을 반성하고 혼자서 침몰하고 구조되고

창문이 깨어지고 시간이 쏟아지고 줄줄이 강으로
떠내려간다
돌아올 수 없을 만큼 멀어지고 싶은 마음

무표정으로 한바탕 울어버렸다가 쏟아버렸다가

뭐가 들어갔는지 눈이 떠지지 않고 나를 부르는 입
모양이 보이질 않고
　영화 속 등장인물들이 짓는 따분한 표정을 좋아한다
　나의 경우, 아주 중요한 지문과 대사를 종종 잊어버린다

　나는 한여름에도 커피는 뜨거운 게 좋아요 그래요,
그럼 커피에 관한 다큐를 한 편 볼까요 실은 커피에 대
해 아는 게 없거든요

　이방인의 어색한 농담 같은

　오래된 허물을 털어놓는 사람들이 좋아진다

38

어떤 감정이 내게 찾아왔을 때, 내 안에서는 일종의 자정 작용이 일어난다. 불시에 찾아오는 감정이든 몇 번의 예고 뒤에 찾아오는 감정이든 감정을 곧이곧대로 받아들이지 않는다. 감정의 진폭이 크지 않아서 쉽게 휘둘리거나 지배되지 않는 편이다.

감정은 나를 종속시키는 무엇이 아니다. 그래서 나는 감정을 적극적으로 대상화하려고 노력한다. 여간해서는 드러내지 않는다. 기분이 태도가 되지 않도록, 혹시라도 새어나가지 않도록 잘 갈무리해 둔다. 차가워 보일지도 모르지만 그게 내가 감정을 다루는 방식이다. 누군가에게 털어놓고 해소하려고 하기보다는 홀로 세심히 살피고 동물을 다루듯이 잘 다독여 가라앉힌다.

거의 모든 감정에 대해 다른 누군가의 공감이나 도움을 필요로 하지 않는다. 굳이 대처하지 않아도 대부분의 감정은 시간이 지날수록 점점 희미해진다. 스스로 우왕좌왕하지 않으면 태풍의 눈에 있는 것처럼 지나간다. 언제 그랬냐는 듯이 평온을 되찾게 된다.

그래서인지 감정에 매몰된 다른 사람의 모습을 볼

때 백 퍼센트 공감하는 것이 어렵다고 느낀다. 그게 우선이라는 걸 머리로는 알고 있지만 나는 감정에 대한 공감보다 사실을 먼저 파악하려고 한다. 공감을 원하는 사람에게 나는 자꾸 질문을 하고 솔루션을 찾는다. 문제 해결에 초점을 두고 생각하면서 이렇게 해보면 좋을 것 같아, 라는 식으로 이성적인 접근을 시도하게 된다.

한마디로 하면 공감 능력이 부족한 것이고, 조금 다르게 말하면 내가 자정 작용을 통해 자신의 감정을 다루고 해소하는 사람인 것이다. 아무리 궂은 날씨도 며칠이 지나면 개게 되어있다. 내가 중요하게 여기는 것은 다른 누군가의 공감이 아니라 스스로 지금 이 시간을 어떻게 감내하고 다시 또 나아갈 것인지이다. 감정에 공감해주기보다 내가 처한 상황에 대해 파악하고 현실적인 조언과 도움을 주는 사람에게 더 큰 힘을 얻는다. 설익은 공감은 내게 큰 위로가 되지 않는다.

같은 이름이 붙은 감정이라도 그 실체는 사람마다 다르기 마련이고 대하는 방식 또한 서로 다를 수밖에 없다. 다만 감정의 스펙트럼을 가장 잘 알아야 하는 사람은 바로 자기 자신이고, 그것을 가장 잘 다루어야 하는 사람 또한 자기 자신이다. 아무도 감정을 대신 겪어줄 수 없기 때문이다. 어떤 누구도 타인의 감정을 완전히 공감할 수 없기 때문이다.

39

말과 마음, 그리고 눈빛이 충분히 따듯한 사람들을 알고 있다. 나는 그들이 부럽다. 다른 어떤 능력보다 그들 특유의 자연스러운 온기가 부럽다.

나는 왜 이기적인 사람이 되었을까. 왜 조금 더 따듯하게 주변 사람을 대하지 못할까. 내게 건네지는 누군가의 솔직한 감정에 조금 더 적극적으로 응답하지 못할까. 그들이 원할 때조차 왜 따듯한 말 한마디를 제대로 건네지 못할까. 나이를 먹어가는 동안 피할 수 없는 일이란 걸 알고 있지만 몇몇 친구들과 멀어진 뒤에는 나의 그런 점이 가장 못마땅하다. 이제 자연스럽게 시간과 마음을 나눌 수 있는 관계가 적어졌고, 진심으로 노력하지 않으면 누군가와 가까워지는 일이 너무나도 어려워졌다.

한 사람의 온기가 다른 한 사람에게 전해진다는 것이 얼마나 놀랍고 대단한 일인지 알고 있다. 그러나 나는 대체로 홀로 웅크린 채 온기를 느끼는 사람이다. 가장 편하다고 느끼기 때문인데 시간이 갈수록 그대로 굳어져 가는 것 같아 종종 쓸쓸해진다. 웅크린 내 어깨에 아무도 손을 올려주지 않게 될까 봐 두려워진다. 살아가는 동안 온기는 좀처럼 더해지지 않고, 오히려 점점 줄어들기까지 한다. 차갑게 식지 않도록 나름대로 애쓰고 있지만 날이 갈수록 버겁게 느껴진다.

고개를 들어 주위를 둘러보면 사람들은 따듯하게 웃고, 팔짱을 끼고 어깨동무도 하며, 사랑하는 사람의 온기를 감싸고 있다. 함께 맞물린 온기는 잘 식지 않을 테니까. 나는 내 곁에 머물러 주는 한 사람의 손을 부여잡는다. 자꾸만 이리저리 쓰다듬고 어루만진다. 한순간도 놓치지 않고 온기를 느끼기 위해서. 어떻게든 조금이라도 따듯한 사람이 되고 싶어서.

40

타인을 믿지 못한 채 마지막까지 자기 자신만을 믿었을 때, 언젠가 찾아올 결말은 스스로 짊어져야 할 몫일 것이다. 프리즘 속에 갇힌 나는 자연스럽게 믿음을 주고받는 사람들을 바라본다. 그들은 저마다 조화롭고 아름답다. 어떻게 해야 타인을 진실로 믿고 의지할 수 있을까? 어떻게 해야 그 사람의 눈으로 나 자신을 바라볼 수 있을까? 굳게 닫힌 문이 다시 열릴 수 있을까? 아주 조금이라도 타인의 세계와 겹쳐질 수 있을까? 그것은 아무 조건 없이 누군가를 먼저 믿을 수 있을 때에야 가능해질까? 아직 목격되지 않은 우주 바깥의 행성처럼 나는 무겁게 멀어진다. 나를 추격하는 사람은 아무도 없다. 비좁은 나의 문은 자꾸만 외면당한다. 이 궤도 위에서 나는 바뀔 수 있을까. 내가 무엇을 바꿀 수 있을까.

41

길에서 우연히 마주치는 버려진 가구들, 화분들, 옷가지들, 몽롱한 내 모습을 비추는 거울들. 거리에 방치된 채 눈과 비를 맞는다. 다행히도 우리는 사물들과 달리 타인에게 소유되지 않는다.

그런데 누구나 한 번쯤 삶의 해구(海溝)에 버려지는 순간을 경험한다. 끝을 알 수 없는 깊은 바닥으로 가라앉는다. 축축한 슬픔이 아닌 건조한 괴로움으로. 몸 어딘가에 침잠의 흉터를 새긴다. 겨우 헤엄쳐 올라오며 가라앉지 않는 법을 배운다. 망망대해에서 쉬어갈 곳을 발견하지 못하고 외딴 섬이 되기도 한다. 일단 섬이 되고 나면 더는 가라앉지 않을 수 있기 때문이다. 섬은 정착하거나 표류하지 않기 때문이다. 세상으로부터 멀어짐으로써 평화를 추구하기 때문이다. 해구의 기억은 섬 곳곳에 남아 지워지지 않는다.

장대비가 내린다. 빗줄기는 방치된 사물들을 찌른다. 버려진 것들을 함부로 줍지 않기로 한다. 대신 이름을 지어준다. 다음날이면 잊어버릴 이름이라고 해도. 잊어버려도 이름은 남으니까. 홀로 영원히 헤엄칠 수 있을 테니까.

42

내가 옳다고 믿었던 사실들이 언젠가 나를 배신할지도 모른다. 어떤 사실도 절대적으로 옳을 수 없기 때문이다. 꽤 합리적이라고 믿었던 나 자신의 생각도 얼마간 시간이 지나 몇 걸음 떨어져서 보면 달라 보인다. 금세 부끄러워지는 것이다. 나 자신의 논리성을 지나치게 믿어서는 안 된다. 순간적인 확신에 속아서는 안 된다. 말을 하는 도중에 말은 스스로 견고해지고 방어적으로 다른 말들을 튕겨내는 습성을 지닌다. 그것이 아집이다. 오직 나만이 논리적이라는 생각은 착각이다. 내가 무언가를 객관적으로 바라보고 판단할 수 있다는 생각 또한.

늘 지나고 나서야 깨닫는다. 애써 고집을 피울 필요도 방어할 필요도 없다. 굳이 아는 척할 필요도 반론할 필요도 없다. 아주 조금이라도 무언가 잘못됐다고, 그릇된 확신이라고 느껴진다면 애초에 스스로 말하기를 멈출 줄 알아야 한다. 말없이 긍정할 줄 아는 자세는 언제나 어설픈 논리에 앞선다.

43

—너는 불투명한 문······ 말 없는 슬픔과 끝없는 불안 사이에 세워져 있다. 공간적으로 머무른다. 계속해서 자기 자신을 파고든다. 나와 나 사이의 허공을, 시간의 구심점을. 습관적으로 헤집다가 만신창이가 되기도 한다. 그럴 때마다 극도의 피로감을 느낀다. 집 안에, 방 안에, 마음 안에, 그 모든 것과 동심원을 이루는 거대한 프레임에 갇혀 주변을 둘러보지 못한다.

—집착의 고통. 안으로 안으로 파고들다 보면 모든 게 나를 중심으로 돌아가는 것처럼 보이지만, 조금만 벗어나서 세계를 바라보면 나는 아무것도 아니었다는 걸 깨닫게 된다. 아무것도 아니라는 절망은 역으로 희망을 준다. 너는 얼마나 특별하니. 특별함에 정도가 있을 수 있니. 무엇이 우리를 다르게 만드니. 뒤늦게 깨닫는다. 깨달음은 모두 뒤늦다. 타인과 사회와 세계를, 나와 멀리 떨어져 있는 현상들을 충분히 응시하고 숙고하며 기꺼이 실천할 줄 알아야 한다는 걸. 찾아 헤매던 아름다움이 그곳에 있다.

—삶이 조금씩 각도를 바꾸면 빛은 움직이며 반사된다. 나는 얼굴을 찌푸린다. 내면의 파도를 잠재운다. 차분히 시선을 돌릴 때 문이 열린다. 처음부터 문 같은 건 없었던 것처럼 투명해진다. 비로소 무언가 보이기 시작한다.

눈을 감는다. 눈꺼풀에 약간의 힘을 주며 어떤 소리에 귀를 기울여본다. 두 번째 감각의 극대화를 위해 첫 번째 감각을 잠시 고이 접어둔다. 무수히 많은 소리가 그물처럼 얽혀 있다. 하나의 소리를 벗겨내고, 또 하나의 소리를 벗겨내고, 소리와 소리의 결을 따라 어둠 속으로 빠져들다 보면 어떤 침묵의 세계를 마주할 수 있다. 눈꺼풀에 머무르던 힘이 완전히 풀렸을 때 낯선 흑백의 파도 위에 몸을 띄우고 표류하는 내가 보인다.

끝없이 개방된 공간, 푸른 하늘과 검은 바다, 그리고 나 이외에 아무것도 존재하지 않는다. 흙처럼 뭉개진 순간들이 파도가 절벽에 철썩이는 것처럼 부딪혀 온다. 그것은 바다의 언어. 바다가 두고 간 아름다움. 이미 정해진 먼 미래의 떨림 같은 것이 숭고하게 날아든다. 나는 온몸으로 공명한다. 또 하나의 내가 말한다.

너는 거부할 수 없어. 어떤 미래는 피해갈 수 없어.

45

진짜가 되고 싶다고 자주 생각한다. 누구보다 분명한 진짜가 되어 살고 싶다고. 무엇을 하든 무슨 말을 하든 한 치의 모자람 없이 본인일 수 있는 사람. 일부러 의식하지 않고도 본질에 충실한, 휘둘리지 않고 자기 안의 목소리를 좇는 사람. 짙은 농도로 자기 자신일 수 있는 사람. 보기 드물지만 그런 느낌을 주는 사람을 동경한다.

사실 진짜라는 게 무엇을 의미하는지도 잘 모를뿐더러 이건 진짜야, 라고 단언할 수 있는 건 어디에도 존재하지 않는 것처럼 보인다. 흔적도, 증거도. 스스로 '진짜'라고 주장하는 사람의 '진짜'는 믿을 수 없다. 그러니 나 또한 맹목적으로 좇지 않기로 한다. 지나고 보면 진짜라고 여겼던 것들 대부분이 실은 허상임을 깨닫는다. 차라리 그런 건 없다고, 오직 나의 의지로 살아내는 순간순간만이 진짜라고 믿는 편이다. 아주 사소한 것일지라도 그런 순간들이 조금씩 쌓여 충만한 삶을 이룬다.

두려움은 이미 알고 있는 대상에 대한 두려움(불안)과 전혀 모르는 대상에 대한 두려움(공포)로 나뉜다. 불안은 모호하고 공포는 명확하다. 그렇다면 불안도 공포도 아닌 지금 이 두려움은 무엇일까? 대상이 존재하지 않는 두려움은 어디서 오는 걸까? 두려워하게 됨, 그 자체를 앞서 두려워한다면…… 그것은 도저히 어떻게 할 수 없는, 근본적인 결함 같은 걸까?

머나먼 기억에서 시작된 최초의 환상이 펼쳐진다
측정 불가능한 시간을 돌진해 온 빛이 두 눈의 망
막에 도달하는 순간
힘줄이 팍, 하고 끊어진다

빛이 다 떠나간 동굴을 새하얗게 소각된 역사를 반
복되는 나 자신의 굴레를 아무도 알지 못한다 못했다
못할 것이다
모든 폐허는 발견될 것이기 때문에 태어난다

그날 이후 무수히 많은 삶과 죽음이, 사랑과 평화
와 허무가 먼지처럼 흩어졌을 텐데
이곳은 어디일까 무엇이 나를 이끌고 있는 걸까

저녁마다 퇴장하는 빛의 몸통이 쏟아낸다
우르르
구토처럼 어둠을
어둠의 두터운 가죽을 뚫고 날아와 순간을

잘게 썰린 무대의 단면을 비춘다

말할 수 없는 영혼들이 밤마다 연회장으로 모인다
우리는 수없이 탄생에 가까워졌다
또 다른 환생일지도 몰라
이번이 열 번째인지 열한 번째인지 모르겠지만
처음 내다보는 것처럼 낯설기만 해 인간의 동공은
눈에서 빛을 떼어낸다

꿈의 배경은 다 비슷비슷해서 쓸쓸하고

읽지 못한 편지 속에서
부패하지 않는 문장들이 들풀처럼 피어나고
비바람을 맞으며 단단해진다

아름다운 것 앞에서 흘렸던 해맑은 눈물방울들

저기 익숙한 뒷모습이 끌어안고 있는 것은 무엇일까

두 사람일까 두 갈래일까
두 개의 가능성일까

둘 중 하나는 이 무대에서
반드시 실종된다

서가에 꽂혀 오랜 시간 동안 펼쳐지지 않은 책에서는 해묵은 시간의 냄새가 난다. 우리가 시간에 대해 말할 때 아무리 애써도 떠올릴 수 없는 고귀한 표현 같은 것. 지구상에서 가장 완벽한 물질이 발견되었다는 아주 먼 미래의 뉴스 같은 것.

거대한 시간 덩어리를 무릅쓰고 나서야 겨우 취할 수 있는 감각들이 있다. 어느 누구도 영원할 수 없기 때문에 책을 사서 읽는다. 책 자체가 어떤 시간을 가리키고 있고 우리는 다시 그 안에 시간을 묵혀 둔다. 내킬 때 다시 꺼내 읽는다. 낡은 책을 펼치면 책 냄새부터 맡는다. 인쇄 오류로 텅 비어 있는 페이지에도, 군데군데 접히고 상처가 난 페이지에도, 뭐라고 형용할 수 없는 향취가 깊숙이 배어있다. 마치 시간의 연기에 종이가 훈연된 것처럼. 씁쓸하지만 그 이상으로 매혹적이고 의미심장한 순간들. 잠시나마 우리를 영원하게 만드는 아름다운 이야기들. 그것은 언젠가 읽다 말고 꽂아둔 채 완전히 잊어버린 한 권의 책 속에 간직되어 있을 것이다.

49

누군가의 공간에 방문했을 때 그 사람의 책장과 서가를 살펴보는 것을 좋아한다. 거기에 꽂혀 있는 책들이, 저마다의 방식으로 정리해 둔 책들의 집합과 어쩌다 섞여든 책 몇 권의 우연한 배치가, 밑줄이 그어졌거나 페이지 모퉁이가 여기저기 접혀 있는 책 한 권 한 권이 그 사람의 어느 한 부분을 진솔하게 드러내 주기 때문이다.

살아가면서 누구나 자기만의 울타리를 가꾼다. 책은 내가 울타리 지어놓은 세계 바깥으로 손쉽게 나를 이끌고 간다. 울타리 안의 정원은 대체로 평화롭고 아름답지만, 어딘가 모르게 잘 연출된 것처럼 느껴지기도 한다. 책 속에 빠져들면 울타리는 잠시 사라지고, 나는 고개를 들고 창공으로 날아오른다. 안에 있을 때 몰랐던 내 정원의 전경이 보이기 시작한다. 멀어질수록 작아지고, 더 이상 내려다보지 않는다. 나는 책 속의 세계를 향해 더 높이 날아오른다.

한 권의 책은 하나의 세계를 구축한다. 책장을 펼치면 그곳의 문이 열린다. 내가 책 속에 빠져들어 있는 동안 그 책의 세계가 한쪽에 만들어진다. 땅이 깔리고, 집이 생기고, 풍경이 나타나고, 사람들이 등장해 걸어다닌다. 문장의 흐름에 따라 소리가 들려오고, 냄새가 나고, 어떤 분위기가 형성된다. 책 속에서 느낀 여러 가지 인상과 이미지가 하나의 세계가 되어 흘러간다. 출입문이나 통행증 같은 것은 따로 없다. 나는 누구보다 자유롭게, 그리고 자연스럽게 그곳을 돌아다닌다. 1인

칭으로, 3인칭으로, 때로는 전지적으로. 이야기를, 수
많은 느낌들을, 세계 자체가 전해오는 크고 작은 물음
표와 느낌표를 받아들인다.

책이 아니면 경험할 수 없는 세계가 있다. 어떤 세
계는 오직 그 책을 통해서만 감각할 수 있기 때문에 언
제나 선택지가 많을수록 좋다. 한 권의 책을 완독하지
않아도 좋고, 동시에 여러 권의 책을 읽어도 좋다. 책은
언제 어디서든 펼쳐질 수 있다. 내가 원할 때 울타리를
벗어나 책 속의 세계로 향할 수 있으므로. 무수히 많은
세계가 나의 방문을 기다리고 있다. 그것만으로 충분하
다. 책을 읽는 동안 울타리 안쪽의 세계는 잠시 비워두
기로 한다.

51

잘 깎은 연필을 손에 쥐고 처음 보는 어떤 것을 스케치하는 자세로 매일을 살고 싶다. 손목에 힘을 뺀 채어깨와 팔을, 그리고 몸을 이용해 연필 자체를 움직일 때 가장 부드러운 선을 그릴 수 있는 것처럼, 가볍고 유연해지고 싶다. 거칠게 그렸다가 세밀하게 그렸다가, 보이는 것을 보지 않고 전체적인 움직임을 바라볼 줄 아는, 깊고 아득한 눈을 갖고 싶다. 그런 눈으로 순간을 관찰하고 싶다.

끝에서 끝…… 빛에서 빛
점과 선과 면과 구의 세계
기억의 건축적 구성
내일에 관한 작은 스케치북
이미 밝혀진 거짓된 증명의 합
믿음의 진화론
따로 또 같이 보내는 휴일 오후
어떤 절망의 깊이를 가늠하는 일
밤의 길이와 마음의 속도
꺼내지 못한 말들의 보관함
시간이라는 무한한 표류
문에서 문…… 벽에서 벽
두 개의 열쇠와 한 개의 열쇠구멍
순서가 정해진 감정들
잔물결처럼 이어지는 마음
계절의 끝맛과 뒷맛
우리가 따로 또 같이 있는 방식
불 꺼진 침대의 숨소리

뒷모습의 언어

사랑한다는 말의 유한함

숨겨진 프롤로그와 사라진 에필로그

두 사람의 고정된 눈맞춤

사랑의 열고 닫힘

단 한 번 찾아올 구원으로부터

그 사람이 나를 사랑한다고 말하지만 아무리 말해도 그건 그냥 말일 뿐이지 사랑을 직접 꺼내서 보여주거나 확인시켜주거나 증명해줄 수는 없잖아요. 어디에도 없고, 실체를 드러내지도 않으며, 어느 날 갑자기 거짓말처럼 증발해버릴지도 모르죠. 그 사람이 돌연 오늘부터는 너를 사랑하지 않아, 라고 말하고 등 돌려 떠나는 순간 허무하게 끝나버릴 수도 있는 거죠. 나 또한 그 사람에게 마찬가지고요. 그러니까 그냥 믿는 거예요. 그것 말고는 방법이 없어요. 그가 말하는 사랑을 믿는 것도 있겠지만, 그것보다는 역시 내가 그를 사랑하고 있다는 사실, 혹은 관계 자체를 믿는 거예요. 말이나 행동을 하나하나 믿는다는 게 아니에요. 조금 더 앞선 단계의 믿음이에요. 그러면 일종의 신념이 생겨날 수 있어요. 나와 그의 사랑이, 거의 실재하는 것처럼 믿어지게 돼요. 두 사람 사이에 쌓이는 시간의 밀도가 그것을 가능하게 해요. 믿어지는 그 순간부터 사랑은 새롭게 시작돼요. 덩굴처럼 깊이 연결된 세계가 탄생하죠.

어때요, 우리 이 대화를 계속 이어 나가볼까요.

54

빛의 유일한 최단 경로처럼 사랑하고, 수많은 가능
성을 내던진 채 사랑하고, 당신 없이도 당신을 사랑하
고…… 여러 가지 가정들, 헤아릴 수 없는 확률들, 생
(生)이라는 불확실성을 전부 다 무릅쓴 채 누군가를 사
랑할 수 있을까. 사랑하면서 불필요한 갈래를 만들지
않을 수 있을까. 그렇게 사랑할 때에만 단순하고 영원
할 수 있는 걸까.

55

관계의 무게 추는 단 한 순간도 수평을 이루지 못
한다. 혹은 일시적으로, 이미 지나가 버린 찰나에 잠시
이루어지고 사라졌거나. 어느 쪽으로 기울어져 있는지
를 잘 아는 사람이 언제나 관계를 주도한다. 실은 어느
쪽으로 기울어져 있는지는 별로 중요하지 않다. 관계란
본질적으로 기울어지기 마련이라서 우리가 의도적으로
수평을 맞추고 유지할 수 없기 때문이다. 가까운 관계
일수록 더욱 그럴 수밖에 없다. 균형을 느끼고 있다면
착각일 것이다. 중요한 것은 거리감이다. 가깝거나 멀
거나 서로 연결되어 있음, 그 자체에 온 마음을 다해 집
중하는 일이다.

만약 사랑이라는 기표(signifiant)가 완전히 파괴
되어 어느 언어에도 존재할 수 없게 된다면 어떻게 사
랑을 말할 수 있을까. 사랑이라는 단어가 주는 감각을
우리 모두가 잃어버린다면…… 사랑이라는 단어를 말
하지 않고도 내가 전하고자 하는 모든 사랑의 발산을
나는 언어화할 수 있을까. 어차피 다 서투른 은유가 되
어버릴 텐데, 우리는 그것을 기꺼이 감내할 수 있을까.

기표와 기의는 일치하지 않는다. 그 관계는 언제든
지 달라질 수 있다. 어떤 의미에서 사랑은 견딜 수 없을
만큼 불투명하다. 사랑의 기호는 온전히 전달될 수 없
고 사랑의 언어는 사랑을 다 담아내지 못한다. 우리는
누구나 자기 자신의 머릿속에 있는 사랑의 내용에 의거
해 타인의 사랑을 받아들이고, 해석하고, 다시 표현할
뿐이다. 단어 자체의 의미보다는 그로부터 창조되는 이
미지가 중요해진다.

사랑의 이미지는 사랑을 행하는 사람들에 의해 무
한히 생겨나고 새로워진다. 사랑하는 사람들이 저마다
사랑함에 따라 아주 조금씩 서서히. 우리가 누군가를

사랑하는 일은 언제나 사랑이라는 관념 전체를 구현하기 위한 거대한 실천의 아주 작은 한 부분일 것이다. 사랑을 하는 누구나 그 일의 관여자가 된다. 그들이 사랑이라는 단어를 발음할 때 생겨나는 모든 감각과 그것을 귀로 들었을 때 생겨나는 모든 이미지가, 언어의 역사만큼 오랜 시간을 버티며 굳건한 사랑의 기호가 되어간다.

과거를 먹어 치우는 노랫말

　　푸른 음영의 얼굴과 꾹 다문 입술

불안한 탑의 나선형 계단과 갈증

　　인간의 모든 사랑과 오해와 탐욕과 집착과 질
투와 절망을 내려다보는 머리 위의 샹들리에

돌처럼 굳은 어떤 순간의 흑백식물

　　평행 세계의 폭포와 상상 속의 솔리다리티

가장 탐스럽고 아름다운 독버섯의 형태

　　맹인 점성술사의 오래된 망원경

머나먼 땅의 슬픔처럼 꽂혀있는 비에 젖은 우산들

심연을 두드리는 섬세한 손끝

가느다란 뿔처럼 솟은 줄기 속에 새순이 돌돌 말려 있다. 잎자루를 찢고 나오며 서서히 제 몸을 펼친다. 모두 잠든 시간에도 같은 속도로 몸을 뻗기 때문에 관찰할 때마다 매번 신비롭다. 그 순간의 모습이 내게는 마치 시간의 몸짓을 은유하는 것처럼 느껴진다. 단 한 순간도 빈틈을 허용하지 않으며, 거의 시간 그 자체와 다를 바 없는 우아한 몸짓으로 메시지를 전한다. 모든 제스처가 완벽하게 현재에 닿아 있다. 식물의 아름다운 생장으로부터 나는 현재를 대하는 태도를 배운다.

무얼 써야 할지, 무엇이든 써야 한다면 왜 써야 하
는지, 나는 도대체 뭘 하고 싶은 건지, 내가 누구인지,
실은 아무것도 모르겠는, 그저 증발하는 순간들을 덧없
이 흘려보내고 마는 듯한 기분이 몇 달째 계속된다.

눈의 깜빡임과 같은 순간의 사라짐. 절벽으로 밀려
떨어지기 위해 무한히 줄지어 서 있는 순간들.

삶은 정말로 끝없는 현재의 사라짐일까?

여기 눈앞에 놓인 백지에 글자를 채워가는 만큼 아
주 조금씩 나의 존재가 소실되어가는 거라면…… 끝맺
음과 동시에 나는 사라질 수 있을까. 완전히 새로운 시
공간의 존재로 다시 태어날 수 없을까.

영원한 어떤 것에 대해 상상한다. 시간의 벽을 뚫고 뻗어 나가 아무도 그 끝을 가늠할 수 없는, 시작도 끝도 없이 오직 연속성으로 존재하는 관념의 얼굴을.

완전히 가려져 있는, 함부로 들추어 볼 수 없는 영원의 베일을.

어떤 것이 영원할 거라고 믿어본 적이 있다. 내가 믿었던 것들이 믿고 있는 그 순간에는 정말로 영원할 줄 알았다. 지금껏 어떤 것도 탐험하지 못한 영원의 땅에 이미 정박해 있는 것만 같았다.

시간 속을 걷는 한 어떤 것도 미리 영원해질 수 없다. 시제를 앞서는 영원은 시간 축을 걷는 우리에게 불가해한 것이니까. 어떤 것을 영원한 것이라고 확신하기 위해서는 끝이라고 부를 수 없는, '끝없음'의 지점에 지금, 이 순간 미리 도달할 수 있어야 한다. 반대로 시작이라고 부를 수 없는 '최초'의 지점을 무한히 거슬러 올라가 밝혀낼 수 있어야 한다. 그리하여 시작도 끝도 모두 소거되어야 하는데, 시간이라는 관념 속에서 그것은 언제나 모순일 것이다.

영원한 것, 혹은 어떤 것의 영원성이란 결국 믿음의 영역에서 다뤄질 수밖에 없다. 다시 말해서, 믿음이라는 바탕 위에 언어적으로 영원성을 구현하는 일은 가능할지도 모른다.

양쪽 끝에서 한 걸음씩, 한 문장씩, 아주 서서히 이뤄지는 다가감. 보이지 않는 곳에서 나도 당신도 분명히 그 일에 관여하고 있다. 그런 사람의 문장을 읽을 때마다 가슴이 벅차오른다. 서로 얼굴도 모르는 우리의 노력이 영원에 가깝게 지속될 거라고 감히 믿어본다.

시간이라는 단어가 제목에 붙은 책을 연달아 읽는다. 한 권이라도 읽고 난 뒤에는 시간에 대한 나의 인식을 의심할 수밖에 없게 된다. 돌아갈 수 없다, 어느 시점으로도. 한 번이라도 의심하고 나면 더는 시간을, 내가 시간이라고 여겼던 당연한 감각을 믿을 수 없게 된다.

두 눈을 가린다. 1초, 1분, 1시간이 아닌, 무형적인 시간의 구조(architecture)에 대해 생각한다. 모든 방향으로 박동하는 미지의 덩어리를 응시한다. 단지 현재의 지나감일까? 시간은 참도 거짓도 아니며 차라리 영원히 깨지 않는 환상에 가까운 건지도 모른다. 균등하게 주어진 것처럼 보이지만 실은 누구에게도 주어진 적이 없다. 우리는 그저 치밀하게 은폐된 방식으로 시간이라는 환상에 동화된 채 살아가고 있을 뿐이다.

시간의 실체라는 말은 함정이다. 시간은 우리에게 아무것도 선언해주지 않는다. 초월하거나 초탈하거나, 순순히 환상에 이끌리거나…… 종속되어 있는 한 어느 누구도 시간의 결박을 벗어나지 못한다. 아무것도 없는 허공의 밧줄에 묶여 끌려다닌다. 영문도 모른 채 쫓겨 다닌다.

62

　한 줌의 빛도 닿지 않는 심해의 바닥에 불에 탄 말들의 잔해가 살고 있다 가까이 다가가 비추면 거대한 군체 뒤로 꼭꼭 숨어버린다

　영하의 어둠 속에서도 썩지 않고 자라나는 말들이 바다를 정화한다는 가설은 곧 입증될 것이다 두 번 다시 돌아오지 않을 것처럼 떠나가는 창백한 사람들에 의해

　해안가로 떠밀려 온 기억의 모래알들, 부서져 있고 우울하다고 말하면 기계적인 응답이 흘러나온다 먼 곳이 더 이상 멀어질 수 없을 때까지 우울하다고 말한다 그러면 모래알처럼 쏟아질 수 있다 현재의 열기에 온몸이 그을린다 너라는 빛이 심해의 어둠을 가릴 때

　보이지 않는 점들을 조용히 줍는 사람과 그 뒤를 추격하는 사람, 뭐든 다 가능하다고 말하는 사람과 일부러 멀어지는 사람

가장 예민한 인간들이 바다를 지배할 것이다 나는
잠자코 안경을 고쳐 쓴다

모두 0의 블랙홀로 사라져버린다 타원형의 해안선
이 0에 가까워진 사람들을 삼켜버리고 질량이 0인 시
간의 닻이 자꾸 과거 쪽으로 가라앉는 바람에 우리는
동시에 침묵에 임박한다 끝에서 끝까지 끝으로 시작되
는 꿈에서 본 거대한 입 모양이, 핏기 없이 파리한 입술
이 내 모든 시간의 흔적을 발음한다

수백 년이 흐른 후에도 어떤 결론도 도출되지 않았
다고 한다

말은 그저 말로서 존재한다. 열의를 다해 설명하
고 설득하고, 무언가를 증명해 보이려고 하지만 몇 마
디 말은 끝내 아무것도 증명하지 못한다. 말을 통해 서
로 듣고 이해하고 다시 말에 대해 몇 마디 말을 더할 수
있을 뿐이다. 증명은 언어가 아니라 행위가 한다. 초래
되는 현상이, 드러나는 결과가 하는 것이다. 알 수 없는
미래에 대해 언급하거나 어떤 일이 다 벌어진 뒤에 하
는 것이 아니다. 그저 행동한 뒤에 돌이켜봄으로써 가
능한 것이다. 천연스레 증명될 뿐이다. 내가 말을 꺼내
지만 꺼내진 말은 내 것이 아니다. 한 번도 내 것이 아
니었고 허공에 떠다니는 침묵과 다르지 않았다. 행위보
다 앞선 말은 오히려 행위를 퇴색시킨다. 행위야말로
증명하고자 하는 모든 것을 증명하는 가장 단순하고 확
실한 방법이다.

몸이 무겁게 느껴지는 저녁에는 서촌 골목과 경복궁 주변을 달린다. 특별히 정해진 코스는 없다. 같은 코스를 달리기보다 집과 너무 멀어지지 않는 선에서 그날의 기분에 따라 방향을 트는 편이다.

운동복으로 갈아입고 러닝화를 신고 끈을 묶는 순간부터 몸은 가벼워지기 시작한다. 마치 곧 달려야 한다는 것을 스스로 아는 듯하다. 달릴 때의 감각을 몸은 기억하고 있다. 출발하기 전의 가벼운 스트레칭은 당장이라도 튀어 나갈 것처럼 몸을 유연하게 만들어준다. 익숙한 감각과 템포를 느끼며 달린다. 인적이 드물고 밤공기는 싱싱하다.

궁을 둘러싼 돌담길 쪽으로 접어들면 줄지어 선 커다란 은행나무가 나를 내려다보며 길을 안내한다. 나무의 숨과 나의 숨이 교환되는 기분을 느낀다. 점점 숨이 차오른다. 심박 소리가 몸을 울리고 열이 오른다. 얼굴에 땀이 흐른다. 점점 몸이 무거워지는데 그 무게가 반갑기까지 하다. 숙여지는 고개를 억지로 들어 올린다. 위쪽을 보고 달리면 무거워진 다리와 눈앞의 경로가 보이지 않아 달리기가 조금 더 수월하다. 군청색 여름 밤 하늘이 시원하게 펼쳐져 있다. 그 아래 달리는 나는 너무나도 작고 보잘것없다.

아주 적당한 피로와 아주 적당한 쾌감이 묘하게 뒤섞여 몸을 지배한다. 다리를 움직여 나아갈수록 나는 멈추고 싶어진다. 그러면서 멈출 수 없어진다. 달리는 행위의 관성은 내 몸과 의식을 잠시 분리시킨다. 달리는 나와 생각하는 내가 둘로 나뉜다. 나는 머릿속 지도 위에서 움직이는 인간이 된다. 하나의 몸, 그 자체가 된다.

몸의 그림자가 나를 따라온다. 각자의 방향으로 달리는 몇 개의 서로 다른 그림자가 엇갈리고 지나친다. 거친 숨과 숨이 교차한다. 방금 내뱉은 숨이 나를 밀고 가고 곧 내뱉을 숨이 나를 끌고 간다. 달리는 인간에게 몸은 숨을 순환시키기 위한 것이다. 앞서거니 뒤서거니, 지난번에 달린 몸과 지금 달리는 몸이 함께 나아간다. 달리는 중의 순간들은 무수히 촘촘해서, 마치 늘어선 순간들이 프레임을 빠르게 전환하며 내 몸을 움직이는 듯하다.

달릴수록 몸은 정화된다. 땀에 젖은 온몸이 어느 때보다 상쾌해진다. 달리는 순간의 나는 다 달리고 난 뒤 무엇이든 할 수 있을 것만 같다.

몸은 예감한다. 이 달리기가 언제 끝날 것인지를 알고 있다. 집에 가까워질수록 몸이 급격히 무거워진다. 숨이 턱밑까지 차오르는 느낌을 즐긴다. 익숙한 감각과 템포를 느끼며 속도를 늦춘다. 무릎을 잡고 숨을 고르자 열이 한꺼번에 밀려온다. 기분 좋은 땀이 쏟아지기 시작한다. 심한 갈증을 느낀다. 덥고 습한 밤. 달리는 동안 몸을 벗어난 감각이 여전히 트랙을 달리고 있다. 아마 돌아오지 않을 것이다. 뜨거운 숨소리가 과거의 나처럼 멀어진다. 어떤 문을 지나간다. 나는 오늘도 내일로 간다.

65

우리 안의 어떤 텍스트는, 아직 텍스트가 되기 이전의 상태로 몸속, 마음속, 삶에서 나와 맞닿아 있는 사건들 어딘가에 내재되어 있다. 흔적 없이 흘러들어 와서는 아주 서서히 어떤 이미지로 발아하고 성장한다. 시간을 향유하는 방식에 따라 저마다 숙성되는 과정을 거친다. 이리저리 덧대고 뭉쳐서 언젠가 밖으로 뱉어낼 만한 것이 만들어지면 부지런히 사유의 샘이 작동하기 시작한다. 무언가 조용히 번쩍인다. 무수한 조립과 분해, 언어적인 창조를 거쳐 마침내 기록 가능한 텍스트의 형태로 만들어지고 나면, 이상하게도 처음 의미는 온데간데없고 낯선 뼈대만 엉성하게 남겨져 있다. 섬광처럼 나타났던 그것은 다 어디로 사라진 건지. 텍스트가 되고 나면 왜 다 공허해지는 건지. 나는 과연 무엇에 대해 쓰려고 했던 건지. 아무것도 알 수 없게 되어버린다.

　—평생을 다 써도 이해할 수 없는 단 하나의 단어
가 누구에게나 존재한다. 뭉치고 뭉쳐서 하나의 단어로
함축되지만 어떤 입으로도 발음할 수 없는 그것.

　—그것은 안을 들여다볼 수 없는 거대한 탑의 형태
로 세워져 있다. 올려다보면 육중한 사슬이 탑 전체를
감싸고 있다. 영원히 풀리지 않을, 만약에 풀린다 해도
아무것도 바뀌지 않을, 가장 비밀스러운 단어가 탑에
수감돼 있다. 누군가는 일부러 그것을 탑에 가두고, 또
누군가는 그 사실을 완전히 잊어버리고, 그들 중 누군
가는 돌이킬 수 없을 만큼의 시간을 다 흘려보낸 후에
야 겨우 그것을 발견한다. 때로는 비참하게, 때로는 아
름답게.

　—자기 자신을 해체해 시간의 뼈를 발굴하는 사람.
섬세한 손으로 뼈를 발라 단어를 꺼낸다. 날숨으로 단
어 하나하나를 감싼다. 부드럽게 쓰다듬으며 삶과 죽음
의 바깥에 있는 단어를 발음한다. 이 세계의 것이 아닌

음향이 울린다. 동굴에 보존되어 있던 아주 오래된 빛의 유해가 깜짝 놀란 새들처럼 푸드덕거리며 흩어진다. 흩어졌다. 흩어지고 있다.

　—아름답고 건조한 속삭임. 단어를 향한 곁눈질. 눈을 여러 번 깜빡인다. 침묵할 줄 아는 인간은 단 한순간도 침입당하지 않는다.

　—이해할 수 없는 단어들에 둘러싸여 자기 자신마저 이해할 수 없는 인간이 되어간다. 언어는 인간을 해석할 수 없다. 언어는 언어를 해석한다. 인간은 인간만이 해석한다. 시도와 회귀, 그리고 증폭. 모든 되풀이는 매혹적이다. 이 책에 써낸 감각들을 나는 수없이 되풀이하는 중이다.

　—다 듣고 있지만, 다 알아듣지만…… 아무것도 말할 수 없다.

사랑하는 사람을 제외한 타인에게 어떠한 기대도
편견도 갖지 말자는 다짐 속에서 순간을 마주한다. 염
세적으로 살고 싶지 않지만, 정말로 아무 소용이 없다
는 걸. 자주 허탈감을 느낀다. 관계가 다 그렇다는 것을
매번 깨닫는다. 어쩌면 그것이 관계의 본질일지도 모른
다. 얽매일수록 스스로 작아지고 약해질 뿐이다. 누구
에게든 자신이 원하는 만큼 최선을 다하면 그만이다.
다음을 생각하지 않는다. 아무것도 상호 교환되지 않으
므로 아무것도 기대하지 않는다는 단 하나의 원칙을 지
킨다. 세계는 철저히 분리되어 있고 나는 흐릿한 자아
의 윤곽 속을 조금도 벗어나지 못하고 있다. 아등바등
하고 있다. 누구나 다 그럴 것이다.

68

만약 내가 조금 더 어렸을 때 이 책을, 혹은 이 문장을 읽었으면 어땠을까, 라는 생각을 종종 한다. 그랬다면 많은 것이 달라졌을까? 그래도 여전히 지금의 나와 같을까? 혹시 10년 전, 20년 전이 아니라 바로 오늘 이 순간 이 책을 읽기로 애초에 정해져 있던 것은 아닐까?

그러니까 나는, '지금'이라는 개념이 정말로 무엇을 의미하는지도 모른 채…… 나의 모든 시간과 여정이 기록된 『세월의 책』을 펼쳐 마구 넘기고 있는 중인지도 모른다.

오늘이 오늘이라고 믿는 나는 어찌 된 영문인지 늘 조금씩 뒤처져 있다. 영원히 뒤처져 있는 나. 또 다른 내가 나를 앞서간다. 반복되는 체념. 정체를 알 수 없는 무언가를 계속 좇고 있지만 좀처럼 따라잡을 수가 없다. 그러는 사이 나의 현재는 일정한 속도로 타들어 간다. 조용히 잿더미가 되어간다. 무한한 슬픔을 자각하기 위해 태어난 존재의 표정으로.

69

휘어지지 않는 빛을
그물처럼 펼쳐진 손가락을
지칭할 수 없는 현실의 파생을
양극단으로 뻗어있는 무수한 맥락을
당신과 나의 패럴렐을

자꾸 들여다보네
들여다보기만 하네

돌아올 수 없는 우주를 탐험하는 인류처럼 매 순간
이 마지막인 것처럼
한번도 불러 본 적 없는 화음을 부르네

가장 과거적인 단어들의 뉘앙스를 모아 묶음의 조
각상을 빚네

여름 숲새 소리 같은
저 멀리 익숙한 하프 연주에 귀를 기울이면

무성(無性)의 나체로, 맨손으로 유영하는 인류와
비좁은 나의 육체가 훤히 보이고
쓸쓸해, 혹은 절박해

몸의 출구를 닫으면 진리의 문이 열린다고 믿네
그게 다 모순이라고 해도

검은 새벽 비에 씻긴 공기의 냄새처럼
수만 년 전 수몰되어 완전히 밀봉된 동굴 속에서처럼
울퉁불퉁한 벽면에 마구 그어진 그림처럼
거칠게 새겨진 고대 문자처럼
무중력 속의 포옹처럼

자꾸 미끄러지고
미끄러지며 걸어가고

말없이 꿋꿋이

서서히 추격해오는 과거형의 불가능
시간의 시놉시스와 결말 직후의 에필로그

여전히 동시에 사랑할 수 없고

아무래도 좋고
아무것도 아닌

시간의 스펙트럼을 펼친다. 현재라고 부를 수 있는 영역을 잘라낸다. 우리에게 가장 가까이 닿아있는 현재라는 시간의 자각은 그 자체만으로 거의 병적일 때가 있다. 누구나 지금 여기 자기 자신이 속해 있는 현재의 영역으로부터 벗어나고 싶어 한다. 아무리 괜찮은 현재일지라도, 바라던 것을 꽤 많이 이루고 난 뒤의 현재일지라도. 현재가 된 것들은 그저 이미 내가 가진 것, 혹은 처해 있는 상태의 일부일 뿐이므로.

'잃을 수 있음'의 가능성보다 '얻을 수 있음'의 가능성이 현재의 우리를 더욱더 욕망하게 하기 때문에, '있음'이 아닌 '없음'에 몰두하기 때문에, 누구나 눈앞에 영원히 고정된 신기루 같은 욕망을 매달고 달려야 하는 운명인 것이다.

71

지구로부터 서서히 멀어진다. 창밖의 우주 공간을 내다보는 듯한 감각으로 미지의 문을 두드린다. 뒤를 돌아볼 줄 아는 용기를 되새겨 앞으로 나아간다.

문과 문 사이, 그 다음 문과 문 사이. 공활한 바람이 새어나온다. 거대한 푸른 침묵이 이곳을 향해 열려 있다. 내일은 영원히 멀어질 것이지만, 오늘을 지탱하기 위한 모든 것이 내 안에 존재한다고 믿는다. 나 스스로 나 자신을 끊임없이 살려내고 있다고 믿는다. 우리, 라고 부를 수 있는 관계들이 끝없는 불안을 공유하고 있기 때문이다. 영혼들은 서로를 붙잡는다. 날마다 함께 견딘다. 핑계를 대지 않기로 한다. 믿음의 용량을 마음껏 늘려가기로 한다. 삶 혹은 죽음 너머의 것들을 기꺼이 매만져보기로 한다.

72

이 책은 여기서 닫힐 테지만, 나는 우리가 뉘앙스라고 부르는 것에 대해 말하며 이야기의 끝을 열어두려 합니다.

글의 소재와 단어의 선택, 나열된 구조, 그 안에 흐르는 어조와 리듬감, 문장을 끝맺는 방식…… 이 모든 것이 만들어내는 총체적인 이미지가 우리의 언어적인 얼굴이 됩니다. 나는 당신에게 어떤 표정을 지어 보였나요. 당신은 어떤 표정을 짓고 있나요.

사실이든 픽션이든 당신이 사용하는 하나하나의 단어와 문장, 그것들로 써 내려 간 글은 당신의 삶을 얼마간 투영하게 됩니다. 글은 글 자체로 삶은 삶 자체로 아름답다고 말할 수 있지만, 글과 삶 사이에는 분명히 어떤 연결 고리가, 겉으로 드러나지 않는 비밀 통로 같은 것이 존재한다고 생각합니다. 우리는 글 속에서 글쓴이가 살아가는 삶의 뉘앙스를 읽게 돼요. 또 하나의 얼굴 같다고나 할까요. 말에서는 감춰지는 것이 글에서는 드러나기도 합니다. 말과 글은 완전히 다른 방식의 표현이에요.

당신이라는 책이 존재한다면 어떤 문장으로 시작될지 상상해 본 적 있나요. 책의 제목과 두께감, 그리고 특유의 분위기를 풍기는 표지를 넘기면…… 맨 처음 문장을 여는 첫 번째 단어는 무엇인가요. 어떤 발음으로 문을 열게 될까요. 그 문 너머로는 무엇이 비치고 있을까요. 다정한 눈빛으로 조명해 볼까요.

나는 당신 고유의 뉘앙스가 궁금합니다. 일기든 시든 소설이든, 무엇이든 좋습니다. 내용은 상관없어요. 일단 써 내려가는 게 중요하다고 생각합니다. 어차피 완벽한 글 같은 건 누구도 쓸 수 없을 테니까. 어제와 오늘, 어떤 단어들을 생각했고 어떤 기분을 느꼈나요. 저기 빈 공간에 떠오르는 단어들을 마음 가는 대로 적어보세요. 단어와 단어 사이의 공백을 상상하며 직관적으로 이어 붙여보세요. 정갈한 문장이 아니어도 괜찮습니다. 다만 그 문장이 언젠가의 단초가 되기를 바랍니다.

자그마한 상상과 기대감을, 이 페이지에 남겨두고 갑니다.

이 문이 닫히고 나면…… 지금 그곳에는 어떤 순간의 뉘앙스가 펼쳐져 있을까요. 우리는 어떤 표정으로 또 서로를 만나게 될까요.

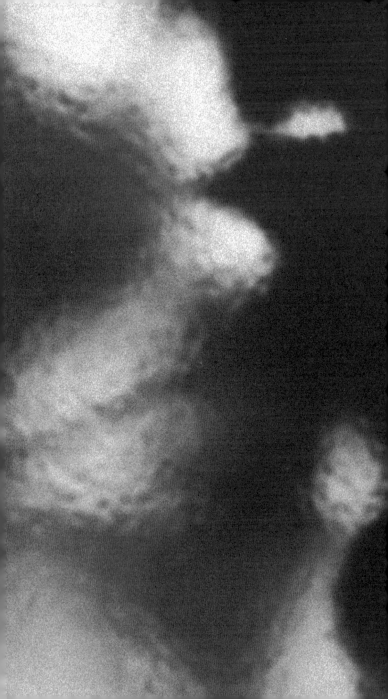

최유수

Choi Yusu

문밖을 본다. 그곳에 내가 있다.
내가 뒤를 돌아보았다. 나는 눈을 피했다.

잊어버렸다.
누가 나인지, 내가 누군지.

최유수 독립작품 활동

▼ 독립출판

사랑의 몽타주 (2015), 무엇인지 무엇이었는지 무엇일 수 있는지 (2016), 아무도 없는 바다 (2017), 영원에 무늬가 있다면 (2018), 빛과 안개 (2021), 기억의 미래로부터 (2022), 손 좀 줄 수 있어요? (2023), 꿈결 (2023)

BYEOL BIT DEUL

별빛들은 기존의 방식과 형식으로부터 자유로우며 독립적으로 활동하는 문학 작가들과 협업, 그들의 작품을 대중들에게 소개하는 문학 출판사입니다.

별빛들은 독립적으로 문학활동하는 작가와의 협업을 통해 '문학'과 '출판'과의 관계를 유연하게 만들고 엄격한 기준과 검열의 과정 없이도 탄생되고 있는 작가의 예술적 가치를 소개하여 문학의 다양화, 출판의 민주화를 유발하려 합니다. 나아가 다양한 영역에서 독립된 자아실현이 이루어지는 우리 사회를 응원합니다.

별빛들 작가선

너는 불투명한 문

초판 1쇄 발행	2020년 11월 5일
6쇄 발행	2024년 5월 10일

지은이	최유수
펴낸이	이광호
편집	최유수, 이광호
디자인	Enter Workroom
사진	Enter Workroom, 최유수
검수	최유수, 이광호, 김현중

펴낸곳	별빛들
출판등록	2016년 8월 10일 제 2016-000022호
이메일	byeolbitdeul@naver.com
홈페이지	www.byeolbitdeul.com

ISBN 979-11-89885-13-7
ISBN 979-11-89885-06-9 (세트)

「이 도서의 국립중앙도서관 출판예정도서목록 (CIP)은 서지정보유통지
원시스템 홈페이지 (http://seoji.nl.go.kr)와 국가자료종합목록 구축시스
템 (http://kolis-net.nl.go.kr)에서 이용하실 수 있습니다. (CIP제어번호 :
CIP2020039226)」